AF482946

Auguste Groner

Der rote Merkur
(Wiener Kriminalroman)

e-artnow 2018

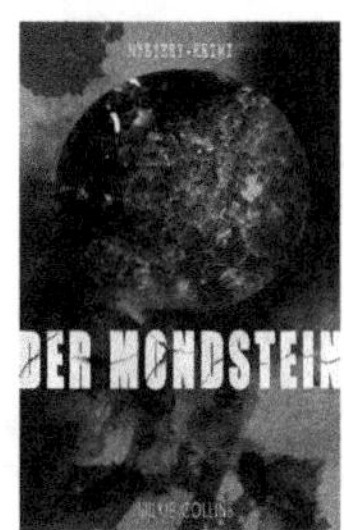

Wilkie Collins
Der Mondstein (Mystery-Krimi): Ein Wilkie Collins-Thriller

Mark Twain
Tom Sawyer als Detektiv (Von Huck Finn erzählt)

Eugen Hermann von Dedenroth
Die Bescholtenen (Kriminalroman)

Jenny Hirsch
Ein seltsamer Fall (Mystery-Krimi)

Friedrich Glauser
Der Tee der drei alten Damen (Krimi-Klassiker)

Auguste Groner

Der rote Merkur (Wiener Kriminalroman)

Dunkle Seiten der bürgerlich-aristokratischen Gesellschaft

e-artnow, 2018
Kontakt: info@e-artnow.org

ISBN 978-80-273-1904-6

Inhaltsverzeichnis

Erstes Kapitel.

Ein gräßlicher, naßkalter Tag war der letzte Tag des Novembers. Vor einer Buchhandlung in der Wiener Ringstraße schritt ein junger Mann fröstelnd auf und nieder, ein recht hübscher Mensch. Eine große Ungeduld und eine peinvolle Unruhe schienen ihn immer wieder auf und ab zu treiben.

Wie oft hatte er schon die Uhr gezogen, wie oft war er schon im Begriffe gewesen, die Buchhandlung zu betreten!

Endlich schlug es zwölf von den Türmen, und gleich darauf traten drei Herren aus der Buchhandlung auf die Straße heraus.

Merkwürdigerweise zog sich der so ungeduldig Wartende jetzt unter den nächsten Torbogen zurück. Er ließ die beiden vorderen vorbeigehen, erst den dritten, eine große und schlanke Gestalt, rief er leise an.

»Otto,« wiederholte er, »komm mit mir. Wir gehen gleich hier durch.«

Der Angerufene schaute den Wartenden köpfschüttelnd an und sagte: »Was bringt denn dich hierher? Und wie siehst du aus? Es ist doch hoffentlich nichts geschehen, Fritz? Ist der Mutter etwas zugestoßen? Hast du schlechte Nachrichten von daheim?«

Otto Falk faßte seines Stiefbruders Arm fest und zwang ihn so, stehen zu bleiben. Seine Augen suchten jedoch vergeblich des anderen Blick.

»So rede doch!« drängte Otto. »Was ist geschehen?«

»Daheim ist nichts geschehen. Es ist wenigstens kein Brief gekommen. Aber mir ist etwas passiert.«

»Was?«

»Ich habe mehr Geld verbraucht, als ich hatte.«

»Du hast also mit anderen Worten Schulden gemacht?«

»Auch.«

»Was heißt das? Fritz – du hast eine Kasse unter dir. Du wirst doch nicht –«

Otto Falk, der redliche Mensch, der, seit er seinen bescheidenen Gehilfengehalt bezog, jede Krone nicht einmal, sondern zehnmal umdrehte, ehe er sie ausgab, war sehr blaß geworden.

»Schüttle mich doch nicht so!« murrte der Jüngere, sich dem Griff des anderen entziehend. »Damit kommen die achthundert Kronen, die ich ersetzen muss, nicht wieder in meine Kasse, und sie müssen doch morgen früh dasein, sonst zeigt mich Prantner, der alte Schnüffler, der dahintergekommen ist, daß ich nicht ganz korrekt –«

»Nicht ganz korrekt –«

»Gebucht habe,« vollendete Fritz, »beim Chef an. Was danach kommt, kannst du dir ausrechnen. Ich warte es jedenfalls nicht ab. Ich bin heute den ganzen Vormittag herumgerannt, um das Geld zu beschaffen. Aber mir leiht niemand mehr etwas.«

»Und da kommst du nun zu mir, den du sonst niemals findest!«

»Ich bitte dich, Otto, sei nicht sentimental! Hilf mir lieber! Sonst muss ich – Na, mir täte es dann nur um unsere Mutter leid, denn die überlebt das nicht.«

Otto, der schon nach seines Stiefbruders ersten Worten stehen geblieben war, mußte sich an die Mauer lehnen. »Nein, sie überlebte das nicht!« wiederholte er bitter. »Ihr Liebling darf nicht zugrunde gehen, wenn die alte kranke Frau noch weiter leben soll. Du wirst also keine Dummheiten machen. Das heißt, wenn ich es verhindern kann, daß du ins Zuchthaus kommst.«

»Otto!«

»Ach glaub' gar, du willst noch den Beleidigten spielen!«

»Noch ist die Sache nicht bekannt.«

»Nur Herrn Prantner und mir und dir. Aber wenn auch nur du allein wüßtest, daß du ein Dieb bist, müßtest du es spüren, daß du nicht mehr zu beleidigen bist.«

»Ach was, laß doch die moralischen Bedenken! Sag mir lieber, ob du mir helfen willst.«

»Wollen? Nein! Aber ich muß wohl.«

»Du hast immer solch liebenswürdige Manieren gehabt.«

»In liebenswürdigen Manieren bist du mir über. Solch glatte Burschen, wie du einer bist, die machen sich rascher beliebt.«

»Du beneidest mich um meine angenehmere Stellung, meinen höheren Gehalt. Was kann ich dafür, daß ich es weiter gebracht hab' als du?«

»Ja, weiter hast du's gebracht!« stieß Otto hervor, warf seinem Stiefbruder einen verächtlichen Blick zu und ging dann rasch weiter.

Die Zähne zusammenpressend, folgte ihm Fritz. »Wie ich diesen Tugendprotz hasse! Und nun muß ich ihm wie ein Hund nachlaufen!« stieß er zwischen den Zähnen hervor und bohrte den tückischen Blick schier in den Leib dessen, von dem jetzt sein Geschick abhing.

Ihr nächstes Ziel war nach etwa zehn Minuten erreicht. Vor einem gemütlichen Hause, nahe dem Theater an der Wien, blieb Otto, der sehr schnell gegangen war, stehen und hieß den hinter ihm herkeuchenden Fritz einstweilen auf ihn warten, dann eilte er in das Haus.

Nach wenigen Minuten kam er schon wieder zurück und ging, ohne ein Wort zu verlieren, weiter.

»Was hast du denn vor?« erkundigte sich Fritz, »Könnte ich nicht irgendwo auf dich warten? Ich habe außer dem Frühstück heute noch nichts im Leibe.«

»Ich auch nicht,« erwiderte Otto schroff, setzte aber nach einer Weile weniger unfreundlich hinzu: »Es hat in der Tat keinen Zweck, daß du mitrennst. Ich habe im Freihaus[1] zu tun. Erwart mich in dem kleinen Restaurant, das dicht daneben liegt.«

Dann ging er eilig davon.

Fritz ließ sich jetzt Zeit. Ein höhnisches Lächeln machte, daß sein hübsches Gesicht augenblicklich recht unangenehm wirkte.

Er saß sehr lange in dem Gasthause, bis Otto, sichtlich abgehetzt, eintrat.

Mit einem schweren Seufzer ließ er sich in der tiefen Fensternische nieder, in der Fritz einen kleinen Tisch in Beschlag genommen hatte.

»Nun?« fragte der Wartende.

»Laß mich nur zuerst zu Atem kommen,« erwiderte Otto, wischte sich den Schweiß von der Stirne und bestellte bei dem herzueilenden Kellner Suppe und eine billige Fleischspeise.

Nach einer Weile sagte er: »Du hast, wie ich sehe, einen Hasenrücken verspeist?«

Fritz überhörte diese Anzüglichkeit. »Also was bringst du?« fragte er noch einmal.

»Einhundertfünfzig Kronen habe ich schon. Ein Bekannter hat sie mir gegeben. Ich ließ ihm einen Schuldschein und mein Postsparkassenbuch, das auf so viel lautet.«

Fritz war offenbar sehr wenig erbaut über den geringen Betrag. Er zuckte nur die Schultern.

»Hast du denn gar nichts, das du hergeben könntest? Wie steht es denn mit deinen eleganten Kleidern? Und Schmuck hast du doch auch und Uhr und Kette.«

»Wird alles heute noch verkauft.«

»Ich kann dir einen Händler schicken, der dir das Fell nicht zu sehr über die Ohren ziehen wird.«

»Es werden kaum hundert Kronen bei der Geschichte herauskommen.«

»So«

»Ich glaube, ich habe dir schon angedeutet, daß ich so ziemlich bis an den Hals in Schulden stecke.«

»Mußt schön gelebt haben!«

»Na, wie ein Bettelmönch freilich nicht. Man ist nur einmal jung.«

»Auch ich bin jung, aber —«

»Aber du warst immer ein Knauser.«

»Wie genau du das weißt! Ein Knauser also! Ja – das war ich. Heute wirst du vielleicht Gott dafür danken, denn hoffentlich kann ich dir gerade meines soliden Rufes wegen das Geld beschaffen. Man hat mir Hoffnung gemacht.«

»Nur Hoffnung?«

»Glaubst du denn, die kleinen Leute, aus denen sich mein Bekanntenkreis zusammensetzt, brauchen nur so in die Tasche zu greifen, um die Hunderter herauszuziehen?«

»Warst du schon bei der Schubert?«

»Bei der Tante meiner Braut? Was fällt dir ein?«

»Die Frau hat doch Geld.«

»Wie du nur auf diese Idee kommen kannst!«

»Daß sie Geld hat? Auf diese Idee hast du selbst mich gebracht.«

»Ich?«

»Ja. Du hast einmal gesagt, daß die Alte eine Heimlichtuerin und daß sie mißtrauisch ist. Womit sollte sie denn heimlich tun? Weshalb sollte sie denn mißtrauisch sein? Da ist doch Geld dahinter.«

»Da kann es sich nur um ihr bißchen Erspartes, um ein paar Kronen handeln.«

»Das glaube ich nicht.«

»Also glaub was du willst.«

»Nein, was vernünftig ist. Deine Anna trägt ja Diamantohrgehänge.«

»Woher weißt du denn das?«

»Ach bin euch einmal nachgegangen.«

»Und da hast du diese wunderbare Entdeckung gemacht? Warum hast du mich denn nicht angesprochen?«

»Weil ich auch nicht allein war und überdies weiß, daß du mit mir keinen Umgang haben willst. Die Ohrringe sind mindestens sechshundert Kronen wert.«

»Hast du sie so gut abgeschätzt?«

»Die Dame, die ich begleitete, kennt sich in Schmucksachen aus.«

»Nun, die Ohrringe könnten ja auch falsch gewesen sein.«

»So altmodisch geformte Schmuckstücke sind nie falsch. Damals dachte ich gleich, daß deine Heirat nicht nur eine reine Liebesheirat sein wird.«

»Meinst du? Nun, dieser rautenbesetzten Ohrringe wegen brauchst du dir keine Gedanken zu machen.

Allerdings hat Frau Schubert sie Anna geschenkt, aber die alte Frau hat sie nicht gekauft, sie sind ihr auch geschenkt worden. Von einer jungen Dame hat sie sie bekommen, bei der sie zwölf Jahre hindurch Mutterstelle vertrat.«

»Mutterstelle bei einer jungen Dame, die solche Geschenke machen kann! Da wird diese zwölfjährige Mutterstelle der Alten ein hübsches Geld eingetragen haben.«

»Laß dieses ganz zwecklose Rechnen. Denk lieber an deine eigenen Verhältnisse, in die ich jetzt leider auch mit hineingezogen werde, und unter denen ich bitter leiden muß, denn natürlich ist jetzt meine Heirat weit hinausgeschoben. Mit Schulden heirate ich nämlich nicht, so weit wirst du mich kennen. Und da ich jetzt gezwungen bin, deinethalben – nein, unserer kranken Mutter wegen Schulden zu machen, muß ich noch lange auf Anna verzichten.«

Die Traurigkeit, mit der Otto das sagte, rührte seinen leichtsinnigen Stiefbruder denn doch ein wenig. Er streckte Otto die Hand hin und sagte hastig: »Ich verspreche dir –«

Sein Stiefbruder nahm die Hand aber nicht und fiel ihm bitter ins Wort: »Daß du dich von nun an einschränken wirst, um diese Schuld zurückzuzahlen? Versprich lieber nichts, denn halten würdest du es doch nicht. Ein Genußmensch, wie du einer bist, kann sich ja doch nichts versagen. Auch sagte ich es ja schon, nicht dir, sondern nur unserer alten Mutter, die, ehe ich einen Stiefvater und dich dazu bekam, so sehr gut gegen mich war, bringe ich dieses schwere Opfer.«

Fritz antwortete nicht und sah jetzt wieder recht finster vor sich hin. »Wenn dir die Schubert das Geld leihen würde –« fing er dann wieder an.

»Die alte Frau laß endlich in Ruhe!« sagte Otto scharf. »Ob sie viel oder wenig hat, geht uns nichts an. Dich schon gar nicht. Aber du gehörst schon zu den ganz nichtsnutzigen Leuten, die es als selbstverständlich ansehen, wenn sie mit dem Gelde anderer Leute rechnen.«

»Ich bitte dich –«

»Still! Hast du nicht mit dem Gelde anderer Leute ein Lotterleben geführt? Hast du nicht – Doch was helfen jetzt Vorwürfe!«

»Das denke ich mir schon lange,« lachte Fritz und sah dann gleichmütig zu, wie Otto hastig zu essen begann.

Er war bald fertig damit, bezahlte seine Zeche und erhob sich. »Du kannst später zur Paulanerkirche gehen,« sagte er. »Ich komme gegen drei Uhr hin.«

Fritz sah dem eilig Davongehenden zornig nach. »Wie einen Schuhputzer behandelt er mich!« murrte er.

Schon vor drei Uhr aber stand er vor der Paulanerkirche und wartete voll fieberhafter Ungeduld auf Ottos Erscheinen, allein es wurde vier Uhr, ehe dieser auftauchte. Schon dämmerig war es, denn der Nebel lag fast auf der Erde.

Fritz wußte beim ersten Blick in das Gesicht seines Stiefbruders, daß dessen Bemühungen erfolglos gewesen waren. Er wagte keine Frage, er sah Otto nur angstvoll an.

»Vierhundert Kronen habe ich jetzt beisammen,« war die Antwort auf diesen Blick.

»Also achthundert Kronen ist dein gerühmter guter Ruf doch nicht wert!«

Otto Falk erwiderte auf diese Frechheit mit keinem Wort. »Jetzt gehst du nach Hause. In einer Stunde ist der Händler bei dir,« sagte er kalt. »Ich komme mit ihm zu dir.«

Fritz wollte auffahren.

Ein Blick Ottos brachte ihn zum Schweigen. Ohne Gruß verschwand er im Nebel.

Sein Bruder wendete sich der inneren Stadt zu. Der Bekannte, der ihm die letzterhaltenen zweihundertfünfzig Kronen verschafft, hatte ihm die Adresse eines Geldverleihers gegeben, der zuweilen so viel Gemüt in sich entdeckte, auch solchen Leuten Geld zu borgen, die, wie zum Beispiel ein Buchhandlungsgehilfe, kein großes Einkommen haben und auch keine anderweitige Deckung geben können.

Otto fand den Mann nicht daheim, wartete eine Stunde lang auf sein Kommen, traf ihn dann bei schlechter Laune und mußte unverrichteter Dinge gehen.

Von Fritz hörte er, daß der Händler schon fortgegangen sei und alles in allem nur neunzig Kronen dagelassen habe.

Otto sank auf einen Stuhl und starrte wortlos vor sich hin.

»Geh doch zur Schubert!« sagte Fritz. »Es bleibt uns jetzt nichts anderes übrig.«

Otto antwortete lange nichts. Dann erhob er sich und setzte seinen Hut wieder auf. »Es bleibt mir in der Tat nur noch dieser letzte Ausweg. Aber ich fürchte, auch dieser Gang wird umsonst sein.«

»Es handelt sich doch nur noch um dreihundert Kronen. Die Kleinigkeit, die dann noch fehlt, wirst ja du selbst dazulegen können.«

»Nur noch um dreihundert Kronen!« wiederholte Otto bitter. »Ich habe es bis heute nicht gewußt, daß es für einen ehrlichen Menschen so furchtbar schwierig ist, Schulden zu machen,« setzte er hinzu.

Dann ging er langsam aus dem Zimmer.

Auch Fritz brach auf, schloß ab und folgte ihm.

Das Zimmer, das Fritz bei einer alten Witwe gemietet hatte, war vom Gang aus zu erreichen. Er hatte es so einzurichten gewußt, daß niemand das Kommen und Gehen des Händlers bemerkt hatte.

Kurz vor halb sechs Uhr kam Otto bei Frau Schubert an, die im fünften Stadtbezirk wohnte.

Sein Stiefbruder betrat dicht hinter ihm das Haus, kam aber bald zurück und wartete an der nächsten Straßenecke auf ihn.

Otto blieb etwa eine Viertelstunde aus, dann kam auch er, sichtlich sehr erregt, zurück.

»Wieder nichts?« rief sein Stiefbruder ihm entgegen.

Otto antwortete nicht. Rasch und schwer atmend ging er weiter.

Fritz blieb dicht neben ihm. »Hat sie dich abgewiesen?« fragte er.

»Daß sie so armselig wohnt!«

»Kennst du denn ihre Wohnung?«

»Ich bin dir nachgegangen. Ich wollte dir noch etwas sagen, habe dich aber nicht mehr erreicht, sah dich nur noch durch den Hof gehen. Also sie gibt nichts her?«

»Nein. Sie wurde sehr zornig.«

»Was jetzt? Diese Frau war meine letzte Hoffnung.«

»Die meine noch nicht. Gerade, als sie mich abgewiesen hatte, ist mir eingefallen, daß ich zu meinem Firmpaten gehen kann. Freilich, wenn der auch nicht hilft, dann –«

»Dann kann ich mich morgen erschießen. Meinen Revolver habe ich schon zu mir gesteckt. Ich brauche also deswegen nicht einmal mehr in meine Wohnung zu gehen.«

Fritz war es jetzt sicherlich ernst mit dieser Rede. Sein Aussehen und das Beben seiner Stimme bewiesen dies. »Es wird doch nicht zu einem Bruch mit deiner Braut kommen?« fragte er bedrückt.

Der andere schüttelte den Kopf. »Frau Schubert versprach mir, über die Sache zu schweigen.« Dann fuhr er ziemlich ruhig fort: »Erwart mich um neun Uhr im Kaffeehaus neben dem Theater an der Wien. Ich gehe jetzt zu meinem Paten und dann Anna entgegen. Nachher komme ich zu dir.«

Fritz wollte ihm die Hand reichen.

Otto sah sie nicht, oder wollte sie nicht sehen.

So gingen sie ohne Gruß auseinander.

———————————

Zweites Kapitel.

Die vollen, ernsten Glockenklänge vom Turm der Stephanskirche kündeten die siebente Abendstunde an. Einige Minuten später traten aus einem. Hause der Kärntnerstraße etliche junge Mädchen. Sie alle hatten es sehr eilig. Es waren Schneiderinnen, die im »Salon Irene« täglich acht Stunden lang hübsche Toiletten für – andere machten und froh waren, wenn die abendliche Freiheit anbrach. Daher ihre Eile. Sofort waren sie im Gedränge verschwunden.

Eine der jungen Arbeiterinnen, die etwas später das Haus verließ, eine hübsche, bescheiden und doch sehr nett gekleidete Brünette, war vor dem Tore stehen geblieben. Nach rechts und nach links schaute sie sich um, aber der, der sie fast allabendlich hier erwartete, war heute noch nicht da.

Anna Lindner trat wieder in den Hausflur zurück und wartete. Sie mußte über sich selbst lächeln, über die Ungeduld, mit der sie heute ihren Arbeitsgenossinnen nachgeeilt war, was sie sonst doch nie tat, denn ihr Verlobter konnte ja im besten Falle erst zehn Minuten nach sieben Uhr zur Stelle sein. So lange brauchte er mindestens, um von seiner Buchhandlung bis zu ihrem Geschäftshause zu kommen.

Aber zuweilen verspätete er sich auch. Dann wartete sie, wie jetzt, im Hausflur auf ihn, denn in der gerade um diese Zeit sehr belebten Straße könnte sie ihn verfehlen, wenn sie ihm entgegengehen würde.

Eine Viertelstunde verging. Das Mädchen wurde ungeduldig. Gerade heute hätte Otto pünktlich sein sollen. Sie wollten doch in der Rotenturmstraße bei einem Ausverkauf einige Wäschestücke für ihre künftige Wirtschaft kaufen. Wenn Otto nun nicht bald kam, wurde jenes Geschäft geschlossen.

Er kam nicht.

Als es schon nahezu halb acht Uhr war, ging Anna ein bißchen geärgert und ein bißchen beunruhigt nach Hause. Gerade auf den heutigen Abend hatte sie sich so gefreut.

Zu ihrer ziemlich am äußeren Ende des fünften Stadtbezirks gelegenen Wohnung brauchte sie fast drei Viertelstunden. Sie legte diesen Weg früh und abends zu Fuße zurück, was bei ihrem sitzenden Berufe geradezu eine Notwendigkeit für sie war. Ihr Mittagessen nahm sie in einem bescheidenen Gasthause ein, das in der Nähe ihres Geschäfts lag. So ersparte sie mittags den weiten Heimweg und gewann eine Arbeitsstunde mehr, für die sie selbstverständlich besonders entlohnt wurde.

Es war alles sehr genau eingeteilt im Leben dieser kleinen Schneiderin, in diesem so einförmigen und so bescheidenen Leben, darin es so viele Plage und so viele Entbehrungen gab. Freilich auch viele Freuden, denn Anna Lindner war eine große Lebenskünstlerin. Sie verstand es, sich Freude zu machen. Jeder schöne Tag war ihr schon eine solche, und mußte sie durch Regen und Sturm, dann freute sie sich schon im voraus auf ihr warmes Plätzchen im Geschäft oder im Heim ihrer alten Tante, bei der sie, die Waise, schon mehrere Jahre lebte.

Auch über die feinen Toiletten, bei deren Anfertigung sie mit tätig war, freute sie sich; sie hatte eben ein Interesse an allem Schönen, das an sie herantrat.

Und wie glücklich wurde sie durch ihre Liebe, durch dieses herzliche, innige Verhältnis zu ihrem Verlobten gemacht! Sie kannte ihn schon ein ganzes Jahr. Seit dem Sommer war sie seine verlobte Braut und schwamm schier im Glück.

Freilich ein Schatten lag doch darauf. Tante Therese war nicht ganz einverstanden mit dieser Brautschaft. Otto Falk hatte ja noch keine sichere Anstellung. Sonst hatte sie nichts gegen ihn einzuwenden.

Und Anna selbst? Nun, die hatte überhaupt nichts gegen ihn einzuwenden, die liebte ihn eben und war bereit, bis an ihr seliges Ende ihre Nadel zu gebrauchen, wenn sie nur Ottos Frau werden konnte.

Gerade heute sehnte sie sich so sehr nach ihm und mußte nun den weiten Weg allein machen. Die Augen wollten ihr naß werden.

Aber sie bezwang sich. »Er hat halt eine Abhaltung gehabt,« dachte sie bei sich und schritt tapfer aus.

An diesem Augenblick tauchte aus der dahinhastenden Menge der Leute Otto vor ihr auf, bemerkte sie aber noch nicht.

An ihr stieg ein Schrecken auf. Wie blaß er war! An düsteres Sinnen verloren starrte er vor sich hin und sah das Nächste nicht, denn soeben stieß er wie ein Blinder an einen der Vorübergehenden an.

Ein ärgerlicher Ausruf des Mannes brachte ihn zu sich. Er fuhr sich über die Augen und murmelte mechanisch eine Entschuldigung.

Das waren die Vorgänge weniger Sekunden. Dann stand Anna dicht vor ihrem Verlobten und sagte, ihre Hand auf seinen Arm legend, besorgt: »Aber Otto! Was ist dir nur, und woher kommst du jetzt erst? Ich hab' nimmer gemeint, daß ich dich heut noch sehen würde.«

Sonst sah er so glücklich aus, wenn er ihrer ansichtig wurde. Heute seufzte er, drückte ihre Hand lange und fest, zog ihren Arm in den seinen und machte kehrt.

»Grüß dich Gott!« sagte er wie sonst, aber seine Stimme hatte keinen Klang, sein Auge keinen Glanz.

An Annas Herzen wuchs die Sorge. »Du kommst spät,« sagte sie gepreßt.

Er nickte und erwiderte: »Ich hab' schon gefürchtet, ich verfehle dich.«

»Was er nur hat?« dachte sie. Laut fragte sie: »Woher kommst du denn?«

Sie erhielt nicht sogleich eine Antwort darauf. Endlich sagte er: »Einen Geschäftsgang hab' ich gehabt.«

»Und nicht gut ist dir,« bemerkte sie, verstohlen sein Gesicht betrachtend, das ihr heute merkwürdig verändert, so spitz, so verfallen vorkam.

»Stimmt. Es ist mir ziemlich übel,« gab er zu. »Schon seit Mittag befinde ich mich körperlich recht unwohl. Du mußt es mir ja ansehen.«

Das Wort »körperlich« hatte er besonders betont. Seiner Begleiterin war das aufgefallen. Eine eigentümliche Scheu hielt sie aber davon ab, weitere Fragen zu stellen. Sie sagte nur: »Es wird dir gut tun, wenn du bei uns zu Hause eine Tasse heißen Tee trinkst. Es schüttelt dich ja förmlich.«

Ganz bestimmt hatte er Fieber. Auch übelgelaunt war er. »Es wäre mir lieber, wenn wir in ein Kaffeehaus gingen,« meinte er kurz und heftig, um gleich danach hinzuzusetzen: »Weißt du, ich bin heute sehr reizbar. Man hat schon solche Tage, da bin ich lieber mit dir allein. Geh, komm hier herein. Da ist's gemütlich.«

»Gemütlich!« dachte Anna, hinter ihm in das Kaffeehaus tretend. »Heute wird es kaum gemütlich werden!«

Ein paar Minuten später saßen sie in einer Ecke, und jedes hatte eine Tasse Tee vor sich.

Otto stürzte die heiße Flüssigkeit gierig hinunter, Anna trank in kleinen Schlucken, denn sie wurde immer besorgter, seit sie sein Gesicht in heller Beleuchtung sah. Es sah aus, wie das Gesicht eines Menschen aussehen kann, der erst kürzlich etwas Aufregendes erlebt hat, etwas, dessen er noch nicht Herr geworden ist.

Jetzt setzte er die geleerte Schale klirrend vor sich hin. Er konnte sie offenbar in den zitternden Händen nicht halten.

»Jetzt sprich, Otto! Was ist geschehen? So wie heute hab' ich dich noch nicht gesehen.«

Da neigte er sich ihr entgegen, streckte ihr die Hand hin, und sein Gesicht glättete sich, seine Augen verloren die Düsterkeit. »Die Hauptsache ist, daß du mich immer gern hast,« sagte er, und sein hübscher Mund zuckte.

Jetzt fiel alle Angst von ihr ab. Sie lächelte und flüsterte zärtlich: »Aber Otto, wie kannst du denn daran zweifeln? Selbstverständlich hab' ich dich immer gern. Ich wüßt' gar nicht, wie ich es anfangen sollt', dich nicht gern zu haben. Denk' ich doch schier den ganzen Tag nur an dich und an die Zeit, in der wir immer beisammen sein werden. Und wenn die Tant' Resi unsere Hochzeit auch hinausgeschoben hat, einmal werden wir einander ja doch heiraten, und bis dahin mußt halt du auch Geduld haben.«

»Freilich, bis dahin muß ich auch Geduld haben,« entgegnete er bitter, »denn sie hat das Geld und kann Bedingungen machen, die sich so ein armer Teufel, wie ich einer bin, eben gefallen lassen muß.«

»Otto!«

»Ja, ja, ich bin schon wieder ruhig. Erlaube mir nur, es lächerlich zu finden, daß so eine alte Frau, die es längst scheu vergessen hat, was Liebe ist, wegen der viertausend Kronen, die sie dir versprochen hat – du hast sie allerdings noch mit keinem Auge gesehen, diese versprochenen viertausend Kronen –, daß also so eine alte Frau es sich herausnimmt, zu bestimmen, wann zwei Leute, die sich gern haben, miteinander glücklich sein dürfen.«

»Aber hat sie denn nicht recht, bei deinem kleinen Einkommen und meinem noch viel kleineren Verdienst, um unsere Zukunft besorgt zu sein? Sie meint es ja nur gut mit uns.«

»Gut meint sie es? Und mit uns? Nein, Anna, mit mir meint sie es ganz gewiß nicht gut. Glaubst du, ich spüre all die kleinen und großen Bosheiten nicht, mit denen sie dich und mich zum Auseinandergehen bringen will? Sie hat mir's ja doch mehr als einmal angedeutet, daß ich dich noch einmal unglücklich machen werde. Nun, sie hat vielleicht recht!«

»Otto! – Aber nein, heute bist du nicht für deine Reden verantwortlich. Du bist ganz einfach krank. Deine Hand ist ja eiskalt, und schon deine ganze Laune sagt, daß dir etwas fehlt. Es ist halt ein verlorener Abend. Nicht der erste ist es, und es wird nicht der letzte sein, den du uns durch solch eine Stimmung verdirbst. Ach, wie hab' ich mich gerade auf den heutigen Abend gefreut! Meine ganzen Ersparnisse hab' ich mitgenommen – siebenundvierzig Kronen. Ein Dutzend Handtücher habe ich mir kaufen wollen, solche mit Einfassung, weißt du? Und zwei Tischtücher und ein Dutzend Servietten. Dazu hätte es gerade gelangt. Ich hab' mir alles schon ausgerechnet, wie ich heut mittag auf einen Sprung in der Rotenturinstraße gewesen bin. Ich hätt' ja da gleich alles kaufen können, aber ich hab' mir's so schön vorgestellt, daß du dabei sein sollst. Na, da kann man halt nichts machen. Werden wir also die Freud' ein andermal haben.«

Wenn sie auf ihr Geplauder eine Antwort erwartet hatte, dann hatte sie sich geirrt. Ihr Verlobter war wieder in finsteres Nachdenken versunken und fuhr erst aus seinem Sinnen empor, als sie aufhörte zu sprechen.

»Ja, ja, freilich gehen wir später einmal miteinander einkaufen,« erwiderte er zerstreut und stürzte ein Glas Wasser hinunter.

In Annas Augen stiegen Tränen auf. Allein sie war ein tapferes Mädchen und faßte sich gewaltsam. In der Überzeugung, daß heute nichts mehr zu ändern sei, forderte sie Otto auf, die Zeche zu bezahlen und mit ihr wenigstens bis zu ihrem Hause zu gehen.

Er war dazu bereit. Nach wenigen Minuten gingen sie wieder die nebligen Straßen weiter.

Otto zog Annas Arm an sich und sagte allerlei Liebes und Zärtliches. Ja, er forderte sie sogar auf, noch einen Umweg mit ihm zu machen, und so kam sie fast eine Stunde später als sonst vor dem Hause an, in dem sie mit ihrer Tante wohnte.

Da nahm Otto Falk rasch Abschied, und Anna betrat den nur spärlich erleuchteten Flur.

»Warum er es nur jetzt plötzlich so eilig gehabt hat?« dachte das Mädchen »Er hat wirklich Launen. Damit wenigstens hat die Tante recht.«

»Grüß Gott, Fräul'n Anna!«

Die kleine, rundliche Hausmeisterin hatte es gesagt. Sie war aus dem kurzen Gang aufgetaucht, in den die Treppe mündete.

»Guten Abend, Frau Grübl! Na, wie geht's denn Ihrem Tonerl? Hustet sie immer noch so stark?«

»Dank der Nachfragt! Besser geht's ihr. Der Tee, den uns die Frau Schubert angeraten hat, ist halt doch gut.«

»Ei freilich. Die Tant' ist ja ein halber Doktor!« lachte Anna.

»Und eine ganze Einsiedlerin. Ich hielt's nicht aus, von früh bis abends so ganz allein zu sein. Aber freilich, wir einfachen Leut' sind ihr halt nicht gut genug.«

Das kam einigermaßen bissig heraus.

Anna hob unwillkürlich den Kopf und entgegnete kühl: »Da irren Sie sich. Die Frauen hier im Hause sind der Tante keineswegs zu einfach. Sie ist nur gern für sich. Gute Nacht, Frau Grübl!«

Die kleine, dicke Frau schaute ihr mit einem lauernden Blick nach. »Was hat sie nur damit sagen wollen?« murmelte sie. »Und wie hochmütig sie plötzlich dareingeschaut hat!«

Dann schickte sich Frau Grübl an, mit ihrer Laterne und dem Kohleneimer nach dem Keller zu gehen.

Anna war schon im Hof verschwunden. Die Dunkelheit, die allabendlich hier herrschte, falls nicht das klare Mondlicht dem einzigen armseligen Laternlein bei seinem Geschäfte half, war heute noch vertieft durch den dichten Nebel, der schon seit Stunden über der Stadt lag.

Anna sah nach ihrer Wohnung hin. »Warum hat sie nur heute kein Licht?« murmelte sie. »Oder hat sie die Laden schon geschlossen? Das tut sie doch sonst erst vor dem Schlafengehen.«

Vor der Tür der ebenerdigen Wohnung blieb sie stehen und schob den Schlüssel in das Schloß, das sie bei ihrem Gehen und Kommen stets selber zu sperren und zu öffnen pflegte.

Aber heute konnte sie letzteres nicht tun, denn es steckte von innen der Schlüssel. Die Tante hatte also vergessen, ihn abzuziehen.

Anna ging wieder hinaus auf den Hof zum nächsten der Zimmerfenster und pochte daran. Dabei gewahrte sie den zarten Schein des Lämpchens, das ihre Tante allezeit vor einem Marienbild brennen ließ.

Die hölzernen Fensterladen waren also nicht geschlossen, sonst hätte man das Licht, das in dem roten Glaslämpchen brannte, nicht sehen können.

Anna lauschte. Nichts regte sich.

Wieder pochte sie an das Fenster. »Ich hätte nicht so spät kommen sollen,« dachte sie. »Über dem langen Warten wird sie eingeschlafen sein.«

Mit diesem Selbstvorwurf ging Anna wieder zur Tür, sicher erwartend, daß ihr zweites, sehr starkes Pochen die alte Frau geweckt haben müsse. Aber noch immer rührte sich nichts.

Jetzt legte die schon ungeduldig Wartende, ohne sich dabei etwas Besonderes zu denken, die Hand auf die Klinke.

»Ah!« rief sie unwillkürlich aus, denn die Klinke hatte dem Druck nachgegeben, und die Tür wich zurück.

Anna trat zuerst in die Küche, fand sofort die Zündholzschachtel, die zugleich mit einem Leuchter stets auf dem Speiseschrank stand, und zündete die Kerze an.

»Grüß Gott, Tanterl!« rief sie durch die offenstehende Tür in das Zimmer hinein.

Keine Antwort.

Jetzt wurde ihr nun doch bang zumute. Sie war schon im Begriffe gewesen, die Tür, die in den Hof hinausführte, wieder zu schließen, aber sie ließ es jetzt sein.

Zuerst zögernd, dann seltsam hastig machte sie, den Leuchter in der Hand, die wenigen Schritte zum Zimmer hin und leuchtete hinein.

Fin nächsten Augenblick gellte ein wilder Schrei durch die nächtliche Stille. Anna, wirr vor Entsetzen, taumelte bis an die Wand der schmalen Küche zurück.

Drittes Kapitel.

»Was war denn das?« ruft die Schustersfrau, die auch eine Hofwohnung hat und eben dabei ist, die Betten zu machen. Sie wirft das Kopfkissen hin und hastet in den Hof hinaus. Dort trifft sie mit der Grübl zusammen, die mit dem Kohleneimer und ihrer Laterne aus dem Keller herauskommt.

»Haben Sie's auch gehört?«

»Freilich hab' ich's gehört.«

»Da ist was gescheh'n.«

»Bei der Schubert war's.«

Die beiden Frauen laufen auf die offenstehende Tür der Schubertschen Wohnung zu.

In den oberen Stockwerken werden die Fenster aufgerissen, überall kommen Köpfe zum Vorschein, ängstliche Fragen werden heruntergerufen.

Dann rennen Leute die Treppe herunter, und eine Minute später ist der Hof voll von Menschen.

Der pensionierte Feldwebel Dengler vom zweiten Stock hat seine Pfeife noch in der Hand, die hübsche kokette Frau Wichl, die die große Eckwohnung hat, ist mit ihrem Dienstmädchen heruntergerannt; sie sieht jetzt gar nicht hübsch aus, denn sie hat schon ihre falschen Zähne abgelegt, und ihre Frisur ist nicht wiederzuerkennen.

Alles redet und flüstert und drängt zur Tür hin, hinter der sich offenbar etwas Schreckliches zugetragen hat.

Der Feldwebel und der Schuster betreten zuerst die Wohnung der alten Frau Schubert. Ersterer nimmt der ganz erstarrten Anna das Licht aus der Hand und leuchtet damit ins Zimmer hinein.

»Tun S' die zwei Weiber hinaus,« sagt er dann zum Schuster, »und es soll sofort jemand zum Kommissariat laufen. Da ist ein Mord geschehen.«

Dengler betritt das Zimmer, auf dessen Boden die alte Frau Schubert liegt. Er faßt ihre Hand. Sie ist schon kalt und steif. Der großen Blutlache, die sich auf dein Fußboden ausgebreitet hat, hält sich Dengler vorsichtig fern.

Anna ist auf die Küchenbank gesunken und hat das Gesicht mit den Händen bedeckt.

Der Feldwebel wendet sich zu dem fassungslosen Mädchen, tiefes Mitleid drückt sich in seinem faltigen Gesichte aus. Er stellt aber keine Frage an sie, schweigend bewacht er die Tote im Zimmer und die vor Schreck wie Gelähmte in der Küche.

Es vergehen nur wenige Minuten, bis der Kommissar mit drei Begleitern eintrifft. Nun wird das Tor geschlossen, und die Parteien des Hauses werden ersucht, sich in ihre Behausungen zurückzuziehen.

Vier Paar Augen sind es, die mit scharfen Blicken das zitternde Mädchen streifen, das sich langsam erhebt.

»Wer sind Sie?« fragt der Kommissar.

Sie kann nicht sogleich antworten, ihre Junge ist wie gelähmt.

Statt ihrer antwortet der alte Feldwebel, der, die Pfeife in der Linken, die Rechte salutierend erhebend, ganz vergißt, daß er längst keine Uniform mehr trägt.

Der Schein eines Lächelns verzieht die Gesichter der Beamten über das Komische, das durch das Aussehen des wackeren Mannes, der im Schlafrock und in gestickten Hausschuhen seine Meldung abstattet, in das Tragische der Situation gebracht wird.

»Und wer sind Sie selbst?«

Dengler stellt sich vor und erklärt hastig, daß er nur hier geblieben sei, um zu verhindern, daß irgend etwas an dem Tatort verändert werde.

»Sehr gut!« sagt der Beamte und wendet sich zum Arzt, der neben der Leiche kniet.

Eine genaue Untersuchung des Zimmers wird vorgenommen, und bald darauf herrscht wieder Ruhe in dem Hause, das heute der Schauplatz einer so unheimlichen Tat geworden ist.

*

Der Staatsanwaltsvertreter Doktor Lauterer, ein noch junger Beamter, der erst vor kurzer Zeit sein Amt angetreten hatte, galt jetzt schon dafür, daß er ohne Ansehen der Person seines Amtes walte, und seine Vorgesetzten hielten ihn für einen sehr tüchtigen Juristen.

Als man Anna Lindner zu ihm ins Zimmer führte, war er soeben dabei, das Protokoll, das noch in der vergangenen Nacht aufgenommen worden war, zu prüfen.

»Anna Lindner ist hier,« sagte der Amtsdiener, als er die Zitternde über die Schwelle schob und dann die Tür wieder schloß.

Lauterer schaute auf, und als er das Mädchen ängstlich neben der Tür stehen sah, ging er ihr entgegen und führte sie zu dem Stuhl, der neben seinem Tische stand.

»Vor allem, liebes Fräulein,« begann er, »müssen Sie sich beruhigen. Es gilt, einen Anhaltspunkt zu finden für unsere Nachforschungen. Damit Sie uns dabei behilflich sein können, müssen Sie zu ruhigem Denken kommen, müssen Sie sich bewußt werden, daß vielleicht Sie allein imstande sind, Angaben zu machen, die uns auf die Spur des Mörders bringen. So – und nun wollen wir miteinander über die traurige Sache reden.«

Ein Blick in die todestraurigen Augen des Mädchens hatte ihn bereits über ihren Anteil an dem Fall aufgeklärt. Er hatte zuerst vorgehabt, das Protokoll, das mit ihr auszunehmen war, durch einen seiner Untergebenen schreiben zu lassen, aber er fand es jetzt doch für besser, ihr alles zu ersparen, was sie noch verstörter machen konnte, als sie ohnehin schon war.

So notierte er selber ihre Personalien und fuhr dann fort: »Also, Fräulein, in welchem Verwandtschaftsgrad standen Sie zu der Toten?«

»Sie war die Schwester meiner Mutter.«

»Ihre Mutter ist schon lange tot?«

»Seit fast acht Jahren. Mein Vater starb vor zehn Jahren.«

»Seit wann wohnen Sie bei Ihrer Tante?«

»Im nächsten Frühjahr werden es sieben Jahre.«

»Da sind Sie also nicht sogleich, nachdem Sie verwaist waren, von Ihrer Tante aufgenommen worden?«

»Nein, denn sie lebte damals in Graz. Sie war im Hause des pensionierten Generals Labriola Wirtschafterin. Ein halbes Fahr nach den: Tode meiner Mutter bat sie den General um Entlassung, denn sie war kränklich geworden und wollte hier mit mir zusammenleben.«

»Sie war eine Wienerin?«

»Ja. Auch ihr verstorbener Mann war ein Wiener. Als junge Frau hat sie mit ihm in derselben Wohnung gewohnt, in der jetzt das Schreckliche geschehen ist.«

»Sie war wohl nicht lang verheiratet?«

»Kaum drei Jahre. Als sie Witwe wurde, hat ihre erste Herrschaft sie an den General empfohlen. Sie war nämlich sehr zuverlässig, und eine solche Frau brauchte der General, der Witwer war, für seinen Haushalt und für seine Tochter.«

»Ihre Tante war also eine sehr verläßliche Frau. Sie hat dem General lange die Wirtschaft geführt?«

»Siebzehn Jahre lang, und dabei hat sie fast zwölf Jahre lang die Baronesse Simonetta wie eine Mutter behütet. Dann ist die Baronesse in ein Schweizer Institut gekommen, und meine Tante hat noch fünf Jahre dem General die Wirtschaft geführt.«

»Um dann Ihretwegen nach Wien zu kommen?«

»Ja. Sie hat mich sehr gern gehabt,« antwortete Anna schluchzend.

»Und Sie haben sie auch lieb gehabt?«

Anna nickte nur und preßte die Hände zusammen, dann brach sie in Tränen aus und sagte: »Sie hat es einem freilich manches Mal schwer gemacht. Sie war ja gewiß ganz gut gegen mich, aber sie konnte auch sehr heftig sein und sehr mißtrauisch.«

»Wie hat sich denn das geäußert?«

»Sie hat mit fast niemand im Hause gesprochen und niemand in unsere Wohnung gelassen. Ehe sie aufgesperrt hat, ist sie immer erst zum Fenster gegangen und hat geschaut, wer es ist, der herein will. Und wenn sie selber fortgegangen ist – ich bin nämlich fast den ganzen Tag außer Haus – da hat sie sogar ein Vorhängeschloß vor die Tür gelegt.«

»Sie wird halt gewußt haben, daß bei ihr was zu stehlen war.«

Anna zuckte die Schultern. »Was kann sie viel gehabt haben!«

Lauterer lächelte, als er einwarf: »Ja, wenn Sie das nicht wissen, wer soll's dann wissen! Tatsache ist jedenfalls, daß man sie bestohlen hat.«

Wieder zuckte Anna die Schultern. »Ich weiß nur, daß ich, wenn ich heirate, viertausend Kronen von ihr bekommen sollte. Auch hat sie in einer schwarzen Holzkassette Schmuck aufgehoben, Geschenke von den Herrschaften, bei denen sie gedient hat. Ein Paar sehr schöne Ohrgehänge hat sie mir schon geschenkt zu meinem letzten Namenstag und weil ich die Tante vorher in einer schweren Krankheit gepflegt habe. Die Ohrringe sollen sechshundert Kronen wert sein.«

»Solche Geschenke hat sie Ihnen gemacht! Und dabei hat sie Sie als Näherin gehen lassen?«

»Nun, daß ich in die Arbeit gehen mußte, das war schon recht. Wann soll man sich denn plagen und etwas lernen, wenn man's nicht tut, solange man jung ist?«

Lauterer nickte ihr freundlich zu. »Mußten Sie Ihrer Tante etwas für das Wohnen bezahlen?«

»Dreißig Kronen habe ich ihr monatlich geben müssen.«

»Und wie viel verdienen Sie?«

»Im Monat neunzig Kronen. Ich habe also noch ganz gut mein Mittagessen und Wäsche und Kleider kaufen können. O, Herr Doktor, jetzt erst werde ich es wissen, wie gut es mir trotz allem gegangen ist.«

»Hat Ihre Tante von ihren Ersparnissen gelebt?«

Anna schüttelte den Kopf. »Nach dem Tod ihres Mannes hat sie eine kleine Pension gehabt. Sechshundert Kronen. Der Onkel war Magistratsbeamter. Und auch der General hat ihr monatlich dreißig Kronen geschickt. Es war ihr von ihm schriftlich zugesagt worden, daß sie dieses Geld bis an ihr Lebensende erhalten soll Es war also auch sozusagen eine Pension.«

»Da hat die Frau ja ganz nette Einnahmen gehabt.«

»Das schon, und sie hat auch gut gelebt und hat mich auch ein bißchen verwöhnt, was ich jetzt bitter spüren werde.«

»Womit verwöhnt?«

»Sie hat mir immer ein sehr gutes Abendessen gegeben. Und für die Instandhaltung meiner Wäsche und Kleider hat sie auch gesorgt. Mir selbst wäre das schwer geworden, denn ich muß um sieben Uhr morgens fort und komme abends erst gegen acht Uhr heim. – Ach,« setzte sie aufschluchzend hinzu, »nun habe ich kein Heim mehr, bis –«

»Bis?«

»Bis ich heiraten werde.«

»Sind Sie verlobt?«

»Seit dem Frühling. Und jetzt tut es nur doppelt weh, daß die Tante mit meiner Brautschaft nicht recht einverstanden war.«

»Nicht recht einverstanden? Was hat sie denn dagegen gehabt?«

»Otto ist nämlich auch arm, und seine Stellung ist nicht sicher. Und es ist ja wahr, daß er oft recht heftig ist. Aber ich hab' ihn halt gern, und darum war ich auch lang bös auf die Tante, weil sie unsere Heirat immer hinausgeschoben hat, und das bereue ich jetzt.«

»Sie sind doch mündig und hätten also ihre Einwilligung gar nicht gebraucht.«

»Ich mußte aber doch wegen des Gelder auf sie hören. Womit hätten wir uns denn ohne die viertausend Kronen einrichten sollen??«

»Richtig – die viertausend Kronen!«

»Wir hätten sehr sparsam gewirtschaftet und hätten uns vielleicht die Hälfte für alle Fälle in die Sparkasse legen können. Es wäre sicher keine Leichtsinnige Heirat gewesen. Sie aber hat nicht wollen, und darüber waren wir beide natürlich nicht sehr erfreut. Otto am wenigsten. Gestern noch hat er sich darüber geärgert.«

»Wann waren Sie denn zum letzten Male mit Ihrem Verlobten zusammen?«

Es war bei dieser Frage ein Ausdruck großer Aufmerksamkeit in seinen Augen.

»Gestern abend.«

»Da waren Sie also noch vergnügt beisammen, während Ihre arme Tante schon ermordet war.«

Kopfschüttelnd sagte sie: »O nein, gestern waren wir gar nicht vergnügt. Otto hatte seinen schlechten Tag. Er holte mich nicht wie gewöhnlich ab, und als wir uns dann unterwegs trafen., war er ganz anders als sonst. Ganz elend hat er ausgesehen, und so in sich versunken war er, daß er gegen die Leute anrannte. Ich bin nicht darauf gekommen, was ihn so aufgeregt hat. Aber vergnügt waren wir alle beide nicht. Und mit zur Tante hat er auch nicht kommen wollen.«

»Nicht?«

»Nein. Ach bin in großer Sorge um ihn, er muß krank sein, war es gewiß gestern schon.«

»Woraus schließen Sie das?«

»Weil er heute noch nicht bei mir war, und er müßte doch schon wissen, was geschehen ist.«

»Wo wohnt denn Ihr Verlobter?«

»Im sechsten Bezirk, in der Magdalenenstraße. Gleich neben dem Theater an der Wien.«

»Wie heißt er?«

»Otto Falk. Er ist Gehilfe in einer Buchhandlung auf der Ringstraße. Wollen Sie etwas von ihm?«

»Er hat Sie wohl bei Ihrer Tante öfters besucht?«

»Oft gerade nicht.«

»Immerhin gehörte er also zu den wenigen, die allenfalls eine auf die Tante bezügliche Aussage machen können.«

Lauterer erhob sich. Anna tat desgleichen. Sie schaute ihn fragend an.

Er nickte ihr zu. »Nun, Fräulein,« sagte er, »Sie können jetzt gehen. Ich darf wohl annehmen, daß Sie mir nichts mehr zu sagen haben?«

»Ich weiß nichts mehr, Herr Doktor.«

»Also guten Tag, Fräulein!«

Anna grüßte stumm und ging. Mit schwerem Herzen ging sie, und während sie dem Hause zuschlich, in dem sie seit Jahren so friedlich gewohnt hatte, und das jetzt zu einem Ort des Schreckens geworden war, schickte Lauterer Polizisten in Falks Wohnung und nach der Buchhandlung, in welcher der junge Mann angestellt war, und während Anna weinend in einem Winkel der Wohnung saß, las der Untersuchungsrichter aufmerksam das Protokoll, das der Kommissar gestern abend an dem Tatorte aufgenommen hatte.

Der Schlag der Wanduhr ließ ihn endlich aufsehen. Es war zehn Uhr. Zu gleicher Zeit kam einer der Geheimpolizisten zurück, welche er ausgesandt hatte.

Der Mann berichtete, daß er nur mit Falks Quartiergeberin hatte reden können. Die Frau hatte ihm erzählt, daß Falk gestern knapp vor Torschluß nach Hause gekommen und heute viel früher als sonst wieder weggegangen sei. Auf die Frage, ob er vielleicht über Unwohlsein geklagt, habe die Frau gemeint, gesagt habe er darüber nichts, aber schlecht genug habe er ausgesehen. Dann hatte sie noch das Kaffeehaus genannt, in welchem Otto Falk sein Frühstück zu nehmen pflegte. Der Detektiv war auch dort gewesen, hatte nach Falk gefragt, aber erfahren, daß dieser heute nicht gekommen sei.

Noch hatte der Mann nicht ausgeredet, da traf auch der zweite Abgesandte ein. Er konnte berichten, daß Falk ein wenig verspätet ins Geschäft gekommen sei, eine Weile gearbeitet und dann eine Zeitung zur Hand genommen habe. Gleich darauf habe er, furchtbar aufgeregt, den Chef um die Erlaubnis gebeten, fortgehen zu dürfen. Er habe durch die Zeitung erfahren, daß die Tante seiner Braut ermordet worden sei.

Lauterer zündete sich, nachdem er die beiden Beamten entlassen, eine Zigarre an. Während er die ersten Züge tat, schrieb er zwei Worte auf einen Zettel, den er zu dem Protokoll legte.

Es war ein Name – Otto Falk.

Dann trat er ans Fenster und sah eine Weile dem blauen Rauchgekräusel seiner Zigarre nach.

Da öffnete sich die Tür. Der eintretende Gerichtsdiener meldete: »Herr Otto Falk.«

Lauterer legte die Zigarre hin. Interessiert schaute er zur Tür.
Auf deren Schwelle stand ein schlanker junger Mann.

Viertes Kapitel.

Otto Falk und sein Bruder Fritz hatten sich ohne Gruß getrennt. Otto begab sich zu seinem Tauspaten, um von diesem das noch fehlende Geld zu erbitten. Es war ihm ein sehr schwerer Gang, aber die gute Stimmung, in welcher er den sonst ein wenig mürrischen alten Herrn traf, kam seinem Anliegen zustatten. Er brauchte nicht einmal viel zu reden, und die dreihundert Kronen lagen schon vor ihm.

»Ein leichtsinniger Bursch bist du nicht, das weiß ich. Mach also keine solche Jammermiene. Das Leben ist teuer, und da hast du halt einmal mehr gebraucht, als du einnimmst. Bedank dich nicht lange und zahl zurück, wann du kannst. So – und jetzt geh! Für heute kann ich dich nämlich nicht zum Bleiben einladen. Wir fahren ins Theater. Der Wagen muß schon unten stehen.«

Das war alles, was der alte Herr auf Ottos Bitte gesagt hatte.

Ganz verwirrt ging der junge Mann die Treppe hinab. Heißes Dankgefühl und einige Reue regten sich in seinem Herzen. Reue darüber, daß er zu diesem einzigen Menschen, der außer Anna in dem großen Wien zu ihm gehörte, so wenig Zugehörigkeitsgefühl gehabt, daß er ihm bei den seltenen Besuchen, die er ihm gemacht, nicht einmal seine Verlobung mitgeteilt hatte.

Der größten Sorge ledig, schlug er ganz unwillkürlich einen Weg ein, der ihn Anna entgegenführen mußte, obwohl er annahm, daß er ihr, da es schon spät geworden war, nicht mehr begegnen könne.

Nachdem er eine Weile gegangen, wurde er wieder recht düster gestimmt, denn es war ihm abermals so recht zum Bewußtsein gekommen, welch großes Opfer er mit dem heutigen Schuldenmachen – nicht seinem leichtsinnigen Stiefbruder, sondern seiner herzkranken Mutter gebracht hatte, die ganz sicher an der Schande ihres Lieblings zugrunde gegangen wäre. Sie liebte ja ihn selbst, ihren einzigen Sohn aus erster Ehe, auch, ebenso ihre jüngste Tochter Hanna, aber der Fritz war ihr Sorgenkind, der war ihr ans Herz gewachsen.

An manch Vergangenes und an das heute Geschehene denkend, vergaß Otto Falk der Leute zu achten, und so konnte es geschehen, daß er ganz unversehens sich seiner Braut gegenüberbefand. Sie erblickend, fiel ihm blitzschnell ein, daß sie von dem Dasein seines Stiefbruders nur eine flüchtige Kenntnis hatte, daß er, sich schämend, weniger zu sein als dieser, ihr nie gesagt hatte, daß Fritz auch in Wien lebe; und schnell überlegte er, daß er erst ruhig geworden sein müsse, um ihr von den heutigen, auch für sie selbst so folgenschwer gewordenen Vorkommnissen zu berichten.

Das war der Grund, weshalb er über das Vorgefallene geschwiegen hatte.

Nachdem er sich von Anna verabschiedet, traf er bald nach neun Uhr mit seinem Stiefbruder zusammen, übergab ihm in nicht gerade liebenswürdiger Weise das so mühsam herbeigeschaffte Geld und verließ ihn gleich danach wieder.

Es wäre über seine Kräfte gegangen, mit dem ihm heute geradezu verhaßt gewordenen Fritz länger beisammen zu bleiben.

Er kam todmüde heim und legte sich sofort nieder. Aber der Schlaf stellte sich erst gegen Morgen bei ihm ein, und doch wurde er trotz aller Müdigkeit wieder von seiner Unruhe aus dem Bett getrieben.

Fast eine Stunde vor der gewöhnlichen Zeit verließ er seine Wohnung. Er hatte vorgehabt, heute eher zu frühstücken und dann vor Fritzens Geschäft auf diesen zu warten, denn er nahm als sicher an, daß Fritz sich dort heute auch früher als sonst einstellen werde, um die Kasse in Ordnung zu bringen, noch ehe ihn jemand dabei stören konnte. Allein Fritz hatte es gar nicht eilig.

Aber der alte Buchhalter Prantner war schon da und zeigte sich nicht weniger ungeduldig als Otto. Und nun warteten sie beide auf Fritz, und Otto sagte dem alten Mann, was er gestern durchgemacht, um Fritz das Geld zu verschaffen.

Eine Viertelstunde nach der anderen verging – immer noch kam Fritz nicht.

»Der ist imstande und liest jetzt noch die ›Fliegenden‹,« knurrte Prantner.

Otto zog die Uhr, biß zornig die Zähne zusammen und sagte: »Ich muß jetzt gehen, nicht eine Minute mehr kann ich warten. Also, Herr Prantner, Ihr Wort habe ich. Da der Schaden gutgemacht ist, wird keine Menschenseele etwas von Fritzens Lumperei erfahren. Und nicht wahr – Sie schicken mir jemanden ins Geschäft? Ich möchte doch so schnell als möglich durch Sie selbst erfahren, daß alles in Ordnung ist.«

Er drückte des alten Mannes Hand und eilte in sein Geschäft. Trotzdem kam er fast eine halbe Stunde später, als er sollte. Die Unruhe, die in ihm war, mit Gewalt niederkämpfend, machte er sich sofort an die Arbeit. Dabei hörte er seine Kollegen von einem Mord reden, er achtete aber nicht weiter darauf.

Doch da sank ihm plötzlich die Feder aus den Fingern.

»Ein Raubmord ist's. Da steht es ja. Die ganze Wohnung der Ermordeten ist durchwühlt, und wenn Frau Schubert –«

Weiter hörte Otto nichts. Es ward ihm plötzlich schrecklich heiß im Kopf, vor seinen Augen flimmerte es, und in seinen Ohren rauschte es.

Er mußte sich setzen. Ein fürchterlicher Gedanke hatte ihm plötzlich alle Kraft genommen.

Endlich hatte er sich so weit gefaßt, daß er sich die Zeitung ausbitten konnte. Er las nur wenige Zeilen, dann sank er auf den nächsten Stuhl.

»Was haben Sie denn?« – »So reden Sie doch!« drangen die Kollegen auf ihn ein.

»Die Ermordete ist die Tante meiner Braut,« murmelte er und wischte sich über das blasse Gesicht.

»Da werden Sie fort wollen. Ich sag's schon dem Prinzipal, wenn er kommt,« meinte einer, brachte ihm eilig seinen Rock und Hut, sagte ihm noch ein paar teilnehmende Worte und drängte ihn zur Tür hinaus.

Da begegnete ihm noch im Hausflur ein Bursche mit einem Brief in der Hand.

»Wo treffe ich hier Herrn Falk?« fragte der Bote. Er trug eine Mütze mit der Firma des Geschäftshauses, dessen einer Kassier Fritz war.

Diesen Namen sah Otto, und erleichterten Herzens nahm er den Brief entgegen, denn er wußte ja, daß Prantner ihm darin mitteilen würde, nun sei alles in Ordnung.

Auf der Straße sprang er auf den nächsten daherkommenden Straßenbahnwagen, löste sich einen Fahrschein und lehnte sich an eine der Wände der Plattform.

Jetzt erst öffnete er den Umschlag und las den Brief, den Prantner ihm gesandt.

Da wich das Blut wieder aus seinen Wangen, seine Augen wurden starr. Prantner meldete ihm, daß nicht Fritz, sondern nur ein Brief von ihm gekommen sei, in welchem der Elende schrieb, daß er in der letzten Nacht wieder gespielt habe, um das Fehlende noch zu gewinnen, daß er aber Unglück gehabt habe, und da er nun das in seiner Kasse fehlende Geld doch nicht ganz ersetzen könne, ziehe er es vor, zu verschwinden, und zwar für immer.

Dies berichtete Prantner und schloß sein Schreiben mit den Worten: »Nun, zu ängstigen brauchen Sie sich nicht weiter um ihn. Einer, der keine Spur von Ehre mehr hat, tut sich so leicht nichts an.«

Kaum hatte Otto den Brief gelesen, als er vom Wagen sprang und nach Fritzens Wohnung eilte.

Dort erfuhr er, daß Fritz erst nach Mitternacht nach Hause gekommen und gegen fünf Uhr schon wieder gegangen sei. Er habe hinterlassen, daß er verreisen müsse, und habe seinen Reisekoffer mitgenommen.

Die Wirtin wollte wissen, wer er sei, doch gab ihr Otto aus guten Gründen darauf keine Antwort, sondern fragte seinerseits, ob Herr Fritz Stegmann denn Verwandte in Wien habe. Zu seiner Erleichterung erfuhr er, daß Herr Stegmann darüber nicht gesprochen habe.

Sich mit Gewalt zu ruhiger Überlegung zwingend, nahm er seinen Weg wieder auf. Er sehnte sich, bei Anna zu sein, denn er fühlte, daß in dieser schrecklichen Zeit sein Platz neben ihr war.

Aber er fürchtete sich auch vor einem Wiedersehen, denn er hatte ja nun ein Geheimnis vor ihr. Sein Geheimnis war ein Verdacht, der sich wie eine Bergeslast auf seine Seele wälzte.

Als er in das Haus kam, hörte er, daß Anna zum Untersuchungsrichter Doktor Lauterer vorgeladen worden war, und daß er sie vermutlich dort noch treffen könne.

Fünftes Kapitel

»Setzen Sie sich, Herr Falk,« sagte Doktor Lauterer zu seinem Besucher und wies auf den Stuhl, den soeben Anna Lindner verlassen hatte.

Otto setzte sich. »Ich dachte –« begann er.

Lauterer unterbrach ihn: »Sie sind gewiß Fräulein Lindner begegnet, und diese hat Sie hierher geschickt?«

»Nein, ich habe Anna nicht gesehen, aber ich wollte –«

»Sie haben heute ungewöhnlich früh Ihre Wohnung verlassen?«

»Woher wissen –«

»Sie sind später als sonst ins Geschäft gekommen und gingen bald darauf wieder. Sie haben dort durch die Zeitung die Ermordung der alten Schubert erfahren?«

Falk schaute sichtlich betroffen auf. Dann fragte er ein wenig schroff: »Warum hat man mich gesucht? Wie komme ich dazu?«

»Wir interessieren uns jetzt für jeden, der mit Frau Schubert bekannt war, der über ihre Verhältnisse Auskunft geben kann und –«

»Das kann ich wohl kaum. Ich habe dieser Frau ziemlich ferngestanden. Sie hat mich wenig leiden können, und Leute, die man nicht mag, weiht man gewöhnlich nicht in seine Verhältnisse ein.«

»Sehr richtig. Aber ist Ihnen nicht durch Ihre Braut einiges davon bekannt geworden?«

»Anna hat nur davon gesprochen, daß ihre Tante eine rechte Heimlichtuerin sei, sonst weiß ich nichts.« Es klang das ein wenig gereizt, und noch gereizter war der Ton, in dem Otto schloß: »Übrigens werden Sie das meine Braut wohl schon gefragt haben.«

»Habe ich auch,« erwiderte Lauterer trocken. »Ich bitte jetzt um Angabe Ihrer Personalien.«

Falk gab Namen, Geburtsort und seinen Stand an.

»Bei Trautenau also sind Sie zu Hause? Dort ist es sehr hübsch. Als ich noch bei meinen Eltern lebte, habe ich mit ihnen drei Ferien im Riesengebirge verlebt. Da habe ich auf meinen Wanderungen auch Ihre Heimat kennen gelernt. Haben Sie noch Verwandte dort?«

»Meine Stiefschwester, bei der unsere Mutter lebt,« entgegnete Otto und setzte rasch hinzu: »Zu Wien bin ich seit drei Jahren.«

»Das haben Sie schon angegeben.«

»Warum werde ich eigentlich über die Verhältnisse der Schubert gefragt? Es steht doch alles in der Zeitung.«

»Nicht alles.«

»Was denn nicht?«

»Der Betreffende hat auf dem Tatort etwas zurückgelassen.«

Lauterer nahm, einem augenblicklichen Einfall folgend, aus einem Fach seines Schreibtisches einen kleinen Gegenstand und legte ihn vor Otto Falk hin. Es war ein vierblätteriges Kleeblatt aus mattem Golde. Auf einem der Blätter lag wie ein Tautropfen ein Diamant. Die Öse, in welcher der seine Stiel des hübschen Schmuckstückes auslief, war ausgerissen.

»Das also hat der Mörder zurückgelassen?« rief Otto. Er sah dabei aus wie einer, dem etwas Gutes, sogar etwas sehr Gutes widerfährt. Seine Augen flammten auf.

»Das Schmuckstück ist echt. Der diamantene Tautropfen ist allein über zweihundert Kronen wert.«

Lauterer sagte das, fast mechanisch die Worte dessen wiederholend, der ihm das Uhranhängsel übergeben hatte.

Otto Falk achtete gar nicht auf die Worte. Seine Augen hingen noch immer an dem schönen, auffallenden Anhängsel, aber seine Gedanken waren höchst wahrscheinlich nicht an dem Ort, an welchem sein Körper jetzt weilte, denn in Amtsstuben solcher Art pflegt man nicht so zu lächeln.

Lauterer war einigermaßen verwundert. Obgleich er wußte, daß das Schmuckstück in der zusammengeballten Hand der Ermordeten gefunden worden war, fragte er: »Haben Sie das Ding schon früher gesehen? Gehörte es vielleicht der Schubert?«

»Ich weiß nicht, ob es ihr gehört hat. Ich weiß nur, daß dies etwas ganz Modernes ist, und daß Annas Tante nur altväterischen Schmuck besaß. Woher sollte sie denn dieses Uhranhängsel auch bekommen haben? Hat es Anna schon gesehen?«

»Man hat es ihr sofort gezeigt. Sie hat es nie vorher gesehen.«

»Dann hat es wohl sicher der Mörder verloren,« sagte Falk mit großer Bestimmtheit.

Einen Augenblick betrachtete ihn Lauterer verwundert. »Warum sind Sie eigentlich hierher gekommen?« fragte er dann rasch.

Otto stand auf, überlegte noch einen Augenblick und sagte dann: »Weil ich etwas zu melden habe.«

»Was denn?« Lauterer schaute höchlich interessiert auf das hohe Erregung verratende Gesicht Ottos.

»Gestern, zehn Minuten vor sechs Uhr, hat Frau Schubert noch gelebt.«

»Woher wissen Sie das?«

»Weil ich zu dieser Zeit von ihr weggegangen bin.«

»Sie sind gestern abend bei ihr gewesen?«

»Ich sagte es soeben.«

»Und können beweisen, daß Sie schon vor sechs Uhr von ihr weggegangen sind?«

»Beweisen kann ich das nicht. Ich habe doch nicht ahnen können, daß mir das notwendig werden würde,« entgegnete Otto voll Bitterkeit, aber mit steinerner Ruhe Lauterers forschenden Blick aushaltend.

»Setzen Sie sich nur wieder, Herr Falk,« sagte Lauterer freundlich, »und sagen Sie mir, was Sie gestern bei der Schubert zu tun hatten.«

»Ich ging zu ihr, um sie zu bitten, unsere Hochzeit nicht länger hinauszuschieben.«

»So!«

»Sie schlug mir's ab.«

»So!«

»Weiter hatte ich bei ihr nichts zu tun. Ach war im ganzen kaum mehr als eine Viertelstunde bei ihr. Als ich ging, schloß sie hinter mir ab.«

»Und um mir das zu erzählen, sind Sie hierher gekommen?«

»Ja.«

»Ihre Braut hat mir nichts davon gesagt, daß Sie gestern bei Frau Schubert waren, und Sie sprachen doch gestern, nachdem das geschehen war, noch mit Fräulein Lindner?«

»Jenen Besuch verschwieg ich ihr absichtlich.«

»Warum denn?«

»Ich wollte sie nicht unnötig aufregen.«

»Das war ja sehr rücksichtsvoll!«

»Belieben Sie öfters so zu scherzen?«

»Zuweilen.«

»Daß Sie es jetzt tun, sagt mir, daß ich ein Tor war, als ich hierher kam, um Ihnen von meinem Besuch zu erzählen.«

»Zuweilen fühlt man einen inneren Drang, solch einen Weg zu machen.«

»Diesen Drang hatte ich in der Tat. Es geschah nur aus, wie es scheint, übel angebrachter Gewissenhaftigkeit, wenn ich Sie aufsuchte,« entgegnete Otto dem Beamten scharf, um dann ruhiger hinzuzusetzen: »Ich meinte zur Bequemlichkeit der Behörde feststellen zu müssen, daß Frau Schubert zehn Minuten vor sechs Uhr noch gelebt hat. Ich schaute nämlich, als ich aus dem Haus trat, zufällig auf meine Uhr, und so kann ich die Zeit meines Weggehens genau angeben.«

»Gegen halb sieben Uhr ist vor der Tür der Ermordeten ein großer, schlanker Mann gesehen worden,« sagte Lauterer trocken. »Und als gegen neun Uhr die Kommission an den Tatort kam, war bei der Ermordeten schon die Totenstarre eingetreten. Die Tat ist also etwa drei Stunden vorher begangen worden.«

»Die Totenstarre tritt, soviel ich weiß, unter verschiedenen Umständen in verschiedener Zeit auf,« entgegnete Otto.

»Auch Doktor Herbig weiß etwas über diese Dinge,« warf Lauterer, der wieder recht ironisch lächelte, ein.

»Nun, nur kann es gleich sein. Ich sage Ihnen auch noch, daß ich gestern zu meiner Braut entschieden gereizt über Frau Schubert gesprochen habe.«

»Das weiß ich schon.«

»Durch Anna? Wie kam diese dazu, über mich zu sprechen?«

»Sie sind schon wieder gereizt. Ihre Braut kam im Verlauf unserer Unterhaltung ganz von selbst darauf zu sprechen, daß sie mit Ihnen einen Teil des Abends verbrachte, und dabei äußerte sie, daß sie fürchte, Sie seien krank, da Sie sonst doch schon durch die Zeitungen wissen müßten, was geschehen sei. Sie seien aber heute noch nicht zu ihr gekommen. Bei dieser Gelegenheit ließ sie durchblicken, daß sie beide der Tante wegen des Hochzeitsaufschubes schon längere Zeit zürnten, und daß Sie gestern noch eine harte Bemerkung über Frau Schubert machten.«

»Ich sagte das ja schon selbst.«

»Warum sind Sie denn während Ihrer Geschäftszeit zu Frau Schubert gegangen?«

Otto stutzte einen Augenblick, dann sagte er: »Ich war gestern nachmittag überhaupt nicht im Geschäft. Es war mir sehr übel, und da habe ich einen Dienstmann mit einer Entschuldigung hingeschickt.«

»Abends sind Sie aber doch ausgegangen?«

»Ich bin überhaupt nicht daheim geblieben.«

Lauterer nickte. »Nun ja. Warum denn auch nicht,« meinte er, drehte die Daumen seiner im Schoß liegenden Hände umeinander und schaute Otto fest in die Augen.

Aber wiederum begegnete dieser dem Blick mit großer Ruhe, ja es umspielte sogar ein Lächeln den hübschen Mund des jungen Mannes, obgleich er jetzt genau wußte, was für ihn auf dem Spiele stand.

Und gerade während er so lächelte, gefiel er Lauterer ganz besonders, denn dieses Gesicht zeigte eine große Ruhe, und aus den Augen blickte die Furchtlosigkeit.

Vie beiden Männer sprachen nur wenig mehr miteinander, dann wurde Otto Falk entlassen.

Er ging aufrecht und gefaßt. Nichts Scheues war mehr in ihm.

Anna war erstaunt, ja erschrocken, als er bei ihr eintrat und ihr sagte, daß er offenbar in Verdacht gekommen sei, da er um die kritische Zeit bei ihrer Tante gewesen war. Aber sie begriff auch, daß er es ihr nicht sofort gesagt hatte, da ihn ja die alte Frau so rauh abgewiesen hatte. Sie sollte der Tante, der sie so viel verdankte, nicht neuerdings zürnen.

Sie wußte aber auch sofort, was sie nun zu tun hatte.

Doktor Lauterer wollte eben zum Essen gehen, als Anna Lindner wieder bei ihm eintrat.

Er ließ sie gar nicht erst zu Wort kommen, sondern sagte lächelnd: »Mein liebes Fräulein, beruhigen Sie sich, ich weiß, weshalb Sie kommen. Aber statt aller Auseinandersetzungen lesen Sie hier, was soeben die Schuhmachersgattin, Frau Holzinger, zu Protokoll gegeben hat. Hier – diese Stelle lesen Sie: ›Ein großer, schlanker Mann in einem hellen Überrock‹ – und hier: ›Die Tür war ein bißchen offen und es war Licht in der Küche –‹ und hier: ›Es war gegen halb sieben, ich habe gerade Feuer gemacht in meiner Küche –‹. Sehen Sie, der ›helle‹ Überrock überhebt mich jedes Gedankens, der Ihrem Verlobten zu nahe treten könnte. Der Mann mit diesem Überrock war der letzte Besucher Ihrer Tante. Das ist auch durch die Aussage des Bäckergesellen Meißl erwiesen, der in der Einfahrt Ihres Hauses schon vor sieben Uhr auf seinen Schatz wartete. Es freut mich selbst, daß ich Sie jetzt vollständig beruhigen kann, und daß Herr Otto Falk unbelästigt bleiben wird. Er hat mir nämlich, obgleich ihn sichtlich etwas bedrückt, sehr gut gefallen, Ihr Verlobter. Es ist Ihnen beiden zu gratulieren.«

»Daß einem ein schwarzer Winterrock so heraushelfen kann aus einer Klemme!« entgegnete Anna mit einem halben Lächeln. »Jetzt bin ich ordentlich froh, daß sich Otto aus Sparsamkeit keinen neuen Überzieher gekauft hat. Ich hab’ ihn schon verleiten wollen, sich was Helles zu nehmen. Es ist ja heuer so modern.«

»Na sehen Sie, wie gut es ist, wenn man nicht immer mit der Mode geht,« meinte Lauterer lachend.

Sechstes Kapitel.

Baronesse Simonetta, Sie mißverstehen mich wieder einmal gründlich.«

»Wollen Sie damit sagen, daß Sie viel zu hoch reden, als daß unsereins Sie verstehen kann?«

»Sie wissen genau, daß ich das nicht sagen will. Ihr Mißverstehen ist Absicht. Ich sagte nicht, daß alle, die kein Wappen haben, Edelmenschen seien, sondern daß dies leider nur nicht alle seien, die ein Wappen besitzen. Ich unterstand mich ferner zu bemerken, daß Ahnenreihen allein mir nicht imponieren.«

»Mir schon.«

»Das weiß ich. Sie sind ein Vöglein, das immer auf dem Stammbaum sitzt.«

»Sie sind unausstehlich, Doktor.«

»Finden Sie? Nun ja, ich bin blond und neige zum Dickwerden, außerdem heiße ich Urich Malten, schlechtweg Malten, und darf dieses Mangels wegen nicht einmal das kleinste Krönchen in meine Socken sticken lassen.«

»Von Socken spricht ein feiner Mann nicht zu einer Dame.«

»Richtig. Feine Männer zeigen sich dafür den Damen auf dem Tennisplatz in einem Anzug, in dem man höchstens seinen Barbier empfangen sollte.«

»Das verstehen Sie einfach nicht. Sie sind –«

»Ich bin rückständig. Sie haben mir das schon oft genug gesagt. Das bringen die Umstände so mit sich. Wir kleinen bürgerlichen Leute müssen halt so viel arbeiten, daß wir keine Zeit haben, gleichen Schritt zu halten mit den hochgeborenen Herren, die sonst nichts zu tun haben, als ihr Wappen blank zu erhalten. Meinen Sie übrigens nicht, daß wir für heute genug über dieses Thema geredet haben?«

»Übergenug. Und da Sie nicht davon zu überzeugen sind, daß –«

»Daß adelig und edel gleichbedeutend ist? – Nein, davon bin ich nicht zu überzeugen. Ich bin schon zu alt für solche Märchen. Leute, die bald vierzig sind, haben schon viel zu viel Einblick in das wirkliche Leben, um noch an schöne Trugbilder zu glauben. Aber jetzt machen wir wirklich Schluß. Die Gräfin wird sich schon über uns ärgern.«

Die Streitenden waren ein hübsches junges Mädchen und ein stattlicher blondbärtiger Herr. Sie befanden sich in einem eleganten Salon, in dessen behaglichster Ecke eine überschlanke ältliche Dame, ganz in schwarzen Samt gekleidet, in einend tiefen Sessel ruhte.

Das war die Gräfin Julia Vivaldi, die Tante des jungen Mädchens. Sie war immer leidend, aber trotzdem von einer gewissen stillen Heiterkeit, die wie ein bißchen Sonnenschein auf ihrem kleinen, welken Gesichtchen lag, ein Sonnenschein, von dem niemand wußte, woher er eigentlich kam, denn die Gräfin hatte eine überaus unglückliche Ehe hinter sich, in der sie über zwanzig Jahre die betrübende Rolle aller jener Frauen hatte durchführen müssen, deren Männer Spieler und Wüstlinge sind. Graf Vivaldi, der schließlich in einem Zweikampf gefallen war, hatte also seiner Witwe keineswegs ein sonniges Leben bereitet, dessen Nachschein noch vorhielt. Es war wohl auch nur ein Abendrot, das die sich immer gleich bleibende Güte ihres Schwagers, bei dem sie seit dem Tode ihres Mannes lebte, über sie ausbreitete.

»Sie ist unsäglich wohlwollend, dankbar und – schwach,« hatte Doktor Malten, der seit etwa zehn Jahren Hausarzt in der Villa Romana war, seiner Mutter die Gräfin geschildert. »Sie ist eine jener Frauen, die zum Anlehnen geschaffen sind, sie hat aber zwanzig Jahre lang allein im Sturm stehen müssen. Das hat sie gebrochen. Sie ist jetzt nur noch der Schatten einer Frau, aber ein Schatten, von welchem Wärme ausgeht.«

Doktor Malten hatte die Gräfin damit sehr richtig geschildert. Sie war nie jemandem ernstlich böse, sie war es auch jetzt nicht, als die beiden Streitenden für eine Weile die Streitaxt begruben, die sie, seit sie einander kannten, gar fleißig schwangen. Die Gräfin richtete sich ein wenig auf und ließ die Hände mit dem Strickzeug in den Schoß sinken.

Lächelnd schaute sie auf Malten, der zu ihr herüberkam, dann auf Simonetta, die noch ärgerlich war, und die den langen Stiel der Rose, die sie einer vor ihr stehenden Vase entnommen hatte, zwischen ihren schlanken Fingern herumwirbelte.

»Müßt ihr denn immer streiten?« sagte die alte Dame mit ihrer lieben, müden Stimme.

»Nun ich fange nicht an!« verteidigte sich Malten.

»Aber Sie reizen mich absichtlich!« rief Simonetta zornig herüber.

»Womit hat er dich denn heute gereizt? Etwa damit, daß er mir die häßliche Geschichte aus dem adeligen Klub erzählte? Er hat mir ja auch erzählt, daß er die Kopfverletzung eines Maurers verbinden mußte, die der Arme bei einer Schlägerei davongetragen hat.«

»Der Arme!« spöttelte Simonetta. »Betrunken war er, noch dazu vom Schnaps betrunken.«

»Zu Champagner hat's ihm nämlich nicht gereicht,« warf Malten trocken ein.

»Schon wieder ein Hieb! Nun ja – Sie, verehrter Doktor und Demokrat, gönnen den oberen Zehntausenden eben ihr Leibgetränk nicht.«

»Er platzt ja beinahe vor Neid,« bemerkte die Gräfin lächelnd.

»Im Gegenteil!« rief Malten. »Niedrig von Geburt, wie ich's bin, freue ich mich selbstverständlich über den reichlichen Champagnerverbrauch und was dazu gehört, denn ich bin ja Arzt im vornehmen Villenviertel – vergessen Sie das nicht, Baronesse! – Aber was arbeiten Sie denn da Umfangreiches, Gräfin?« Bei dieser Frage ließ er sich neben der alten Dame nieder und strich über ihr hellrotes Gestrick hin. »Wie weich das ist!«

»Es muß weich sein, denn nur Weiches macht warm.«

»Was wird es denn?«

»Eine Hausjacke.«

»Gräfin tragen doch sonst nie Rot!«

»Für Ihren Liebling, Doktor, für die Schneiderin strickt sie,« rief Simonetta herüber.

»Für Fräulein Roller? Ah, das ist lieb von Ihnen, Gräfin, daß Sie sich so viele Mühe für die Arme geben, die immer Putz für die anderen macht und an sich selber gar nicht denken kann! Und solch ein schönes Stück soll sie haben! Die anderen ›wohltätigen‹ Damen verstricken meist nur harte, billige Wolle.«

»Da wär's mir um meine Finger leid,« sagte die alte Dame.

Eilig kam Simonetta herüber und setzte sich an der Gräfin freie Seite. »Warum lügst du denn, Tante? Sag, warum lügst du?« rief sie heftig aus. »Deine Finger hast du nie geschont. Malten selbst sagte es mir, daß du einst daheim gearbeitet hast wie ein Weib aus dem Volke. Wie kannst du ihm jetzt so etwas vormachen wollen? – Glauben Sie es ihr nicht, Doktor! Nur ihrer Armen wegen nimmt sie so gute Wolle und macht aus jeder ihrer mühseligen Arbeiten ein Luxusstück. So ist's, du dummes, gutes Tantchen, das nicht einmal ordentlich lügen kann!«

Doktor Malten und die Gräfin schauten einander lächelnd an.

Aber das Helle in des Doktors Gesicht verlor sich sofort wieder, wohl nur deshalb, weil der Diener eben einen Herrn anmeldete, der dicht hinter ihm eintrat.

»Herr v. Eck!« hatte Domenico Loteta, der Kammerdiener des Hausherrn, gemeldet.

Herr v. Eck war ein ausfallend schöner Mann. Er besaß jene dunkle Schönheit, die den Frauen ganz besonders gefährlich ist. Sogar die schwarze Locke, die sich eigensinnig über der hohen Stirn kräuselte, fehlte nicht, und ein ideales Schnurrbärtchen war ebenfalls vorhanden. Ja, Alfons Eck v. Pachern war ein schöner Mensch. Es war begreiflich, daß er seine Eroberungen dutzendweise machte, und kein Wunder, daß Simonetta Labriola di Malfettani, des reichen Generals Labriola einziges, verwöhntes Töchterlein, sich in Eck verliebt hatte und seine Braut geworden war. Alfons kam fast täglich von seinem Gute nach der Stadt und zeigte sich niemals ohne einige der herrlichen Blumen, in deren Zucht sein Gärtner ein Künstler war.

Heute überreichte er Simonetta einen Strauß glutroter Nelken und legte der Gräfin zwei herrliche Dijonrosen auf den Schoß.

»Es ist schrecklich kalt,« sagte er, »und ich habe die Dummheit gemacht, selbst zu kutschieren, trotzdem ich wußte, daß ich erkältet bin. – Fühlen Sie einmal, Doktor, mir ist's, als ob ich schon Fieber hätte.«

»Freilich fiebern Sie,« sagte der. »Bei diesem eisigen Wind hätten Sie besser daheim bleiben sollen.«

»Wofür ich aber danke,« fiel die Baronesse lebhaft ein. »Ich hab' dich ja schon zwei Tage nicht gesehen.«

»Tatsache! Zweimal vierundzwanzig Stunden habe ich dich vernachlässigt!« scherzte Eck. »Wirst du mir verzeihen können? – Ach, Netta,« fuhr er mißmutig fort, »wenn du wüßtest, wie viele Arbeit ich jetzt habe! Den ganzen Tag bin ich im Wald. Nur gut, daß du mich nicht siehst. Wie ein Strolch sehe ich aus in meiner Waldtracht.«

»Du kannst immer nur gut aussehen,« sagte Simonetta zärtlich.

»Oder wie ein verkleideter Prinz,« ergänzte die Tante.

»Schon der kostbare Ring verrät ihn,« setzte Malten hinzu. – »Jetzt aber, Baronesse, kredenzen Sie mit viel Liebe und wenig Rum Herrn v. Eck eine Tasse recht heißen Tee und schicken Sie ihn dann bald heim. – Ihnen aber,« wandte er sich an den jungen Gutsherrn, »rate ich, bis auf weiteres den Wald zu meiden. Die kalte Nässe kann Ihren Zustand ernst machen, und Sie haben es ja nicht nötig, sich eine Influenza anzuzüchten.«

»Lieber Doktor, drei Tage müssen Sie mich noch machen lassen. Wir sind dann wohl fertig mit dem Bestimmen der Bäume, die gefällt werden sollen.«

»Wenn Sie sich nichts sagen lassen, kann ich nicht helfen. Ich empfehle mich jetzt. – Für die rote Jacke, Gräfin, muß ich Ihre Hand küssen. – Und Sie, Baronesse, erhalten Sie mir Ihre Feindschaft!«

Im Begriff, das Zimmer zu verlassen, wurde er aufgehalten. Der General war, sichtlich aufgeregt, eilig hereingekommen. Er hielt eine Zeitung in der Hand.

»Bleiben Sie noch, Doktor,« sagte er. »Es wird Sie auch interessieren. Denkt euch, was geschehen ist! Ein Mord wurde begangen in Wien, ein Raubmord an einer, die wir alle kennen – an der armen, alten Schubert.«

»An meiner Resi!« schrie Simonetta auf.

»An Frau Schubert?« rief erschrocken der Doktor.

»An unserer Therese?« sagte Herr v. Eck, der ebenfalls heftig erschrocken war.

Sie alle drängten sich an den General heran, der ihnen nun laut den Bericht in der Zeitung vorlas.

Die beiden Damen waren am meisten erregt. Sie hatten die Schubert vor ein paar Wochen erst besucht, als sie in Wien gewesen waren, um einige Einkäufe zu machen. Sie hatten die brave Alte sehr gern gehabt, die Simonettas Kindheit behütet und des Generals Wirtschaft so lange Jahre treu und eifrig geführt hatte.

»Wie aufopfernd hat sie den Herrn General bei dem letzten Gichtanfall noch gepflegt!« sagte der Doktor. »Und so bescheiden war sie und so unermüdlich tätig.«

»So war sie auch, als sie noch in Pachern war,« sagte sichtlich bewegt der junge Gutsherr.

»Eine stille, ja merkwürdig stille Person war sie,« meinte der Doktor nachdenklich. »Mir war sie eigentlich niemals ganz sympathisch – vielleicht ganz ohne Grund. Ich habe sie allerdings weniger gekannt, als die Herrschaften sie kannten.«

»Sie hatte jedenfalls viele gute Eigenschaften,« bemerkte der General. »Eines an ihr habe freilich auch ich nicht gern gesehen. Sie hat immer das Bestreben gehabt, eine Rolle zu spielen. Nun, jeder hat seine Fehler. Jedenfalls ist es furchtbar traurig, daß sie auf eine so schreckliche Art aus dem Leben hat gehen müssen.«

Seufzend faltete er die Zeitung zusammen und begleitete den sich nun auch von ihm verabschiedenden Malten bis an die Tür.

Während des ganzen Abends wurde von nichts mehr als von dem Verbrechen und von den vielen guten Eigenschaften der alten Schubert gesprochen. Simonetta hatte darüber ganz vergessen, ihren Bräutigam zeitig heimzuschicken. Erst nach dem Abendessen fiel ihr das Gebot des Doktors ein.

»Daß du morgen ja nicht ausgehst!« sagte sie dringlich beim Abschied. »Jetzt, da du diese Aufregung gehabt hast, bist du noch empfindlicher. Ich will dich lieber ein paar Tage entbehren. Oder vielleicht kommen Tante und ich zu dir hinaus. Einen Kranz aber schickst du jedenfalls morgen der Resi. Tante und ich werden ihr einen Erikakranz schicken, die hat sie immer so gern gehabt. ›Ein Zauber ist in ihnen. Es sind Glücksblumen,‹ hat sie oft gesagt.« Simonetta schluchzte auf. »Ach, jetzt werden sie ihr kein Glück mehr bringen!«

»Rege dich doch nicht auf, Liebling!« bat Alfons, das Mädchen leidenschaftlich umfangend. »Wie soll ich es denn zu Hause aushalten, wenn ich dich so traurig weiß! Aber weißt du, zu mir hinauskommen darfst du nicht. Ich kann dir nicht versprechen, daß du mich antriffst. Ich werde des Holzverkaufes wegen vielleicht doch wegfahren müssen. Übermorgen abend bin ich hoffentlich schon wieder bei dir. Und den Kranz vergesse ich nicht. Felber hat noch viele weiße Rosen, die schicke ich ihr. Also, Herz, leb wohl! Wirst du mich immer, immer gern haben?«

Er zerdrückte die zarte Gestalt seiner Verlobten fast in seinen Armen.

»Aber Alfons!« ermahnte Simonetta den Ungestümen und entzog sich ihm. »Heute wenigstens solltest du ruhiger sein!«

Siebentes Kapitel

Am Südabhang des Isergebirges, in der Nähe der preußischen Grenze, liegt nicht weit vom Flüßchen Aupa ein kleines Dorf. Einerseits vom Wald begrenzt, dehnen sich anderseits weite Wiesen- und Ackergründe davor aus, und durch diese zieht sich in mannigfachen Windungen die Landstraße.

Das Dorf ist recht einsam, denn die nächste Eisenbahnstation der Nordwestbahn liegt fast zwei Wegstunden fern davon. Neben der uralten Kirche duckt sich das bescheidene Pfarrhaus unter zwei Linden, die wohl viel früher schon als das Christentum hier Wurzel gefaßt haben. Ebenso bescheiden wie das Heim des Pfarrers ist das des Lehrers. Es liegt näher am Walde, dicht an der Straße.

Joseph Tilgner ist nicht der einzige, der in dem kleinen Schulhause auf seinem richtigen Platze steht. Seine Frau ist in ihrer Art nicht minder tüchtig als er. Sie läßt nirgends Unordnung aufkommen und ist eine sehr sparsame Hausfrau, die das große Kunststück versteht, trotz schmaler Einnahmen zuweilen sogar ein wenig Luxus, immer aber Behaglichkeit in ihrem Hauswesen zu haben.

Den einzigen Kummer, den sie hat, bereitet ihr die alte Mutter, eine dicke, zänkische Frau, die es sich ihr ganzes Leben hindurch hatte so wohl sein lassen, als es nur irgend möglich war, denn immer hatte die einstige Frau Falk und jetzige Witwe Stegmann gefunden, daß es besser sei, andere für sich sorgen zu lassen, ihre wirklichen und vermeintlichen Rechte aber waren ihr immer das Heiligste, das Unantastbarste auf Erden gewesen.

Merkwürdigerweise hatte diese Frau zwei Männer besessen, die sie außerordentlich mild behandelten und ihr, nachdem sie ihre wahre Natur erkannt hatten, lieber so viel als möglich aus dem Wege gingen. Der selige Falk hatte dies nicht lange zu tun nötig gehabt, denn er starb schon nach kaum dreijähriger Ehe; der nun auch schon längst verstorbene Stegmann aber mußte vierzehn Jahre neben seinem Weibe aushalten. Er erleichterte sich dieses Leben dadurch, daß er, wenn er sich nicht auf Dienstreisen befand, denn er war Kontrollbeamter bei der Steuer, in seinen freien Stunden der Kunst lebte. Er war nämlich ein recht talentvoller Maler, der sich in seinem unfrohen Heim einen stillen Winkel eingerichtet hatte, in dem ihn Frau Albine freilich nur aus dem einzigen Grunde in Ruhe ließ, weil der Erlös aus seinen Bildern in die Haushaltungskasse floß. Mit ihrem zweiten Mann hatte sie auch eine Zeitlang in Wien gelebt. Nach seinem Tode aber hatte sie sich mit ihren drei Kindern nach Trautenau zurückgezogen, das sie aus der Zeit ihrer ersten Ehe her kannte, denn Falk war in der Nähe von Trautenau Förster gewesen. Jetzt waren ihre beiden Söhne, Otto Falk aus erster Ehe und Fritz Stegmann aus der zweiten, in Wien in Stellung, ihre Tochter aber heiratete einen bescheidenen Dorfschullehrer, worüber ihr Hochmut lange nicht hinauskam. Als aber die Beschwerden des Alters sich einstellten, fand sie den Weg zu ihrer Tochter und lebte nun schon vier Jahre bei dieser. Noch immer machte sie große Ansprüche. Der brutale Egoismus, die schier komische Selbstüberschätzung und die lächerliche Geheimniskrämerei, die ihr seit jeher zu eigen gewesen, waren ihr bis ins Alter gefolgt, und das war der Kummer, der der braven Lehrersfrau oft das Leben schwer machte. Nun, dafür genoß sie nicht nur die herzliche Liebe des Gatten, sondern auch die ihrer beiden Kinder; der frische zehnjährige Hans und die siebenjährige Lotti hingen leidenschaftlich an ihr.

Strahlendhell stand an dem klaren Wintermorgen die Sonne am Himmel. Kein Lüftchen regte sich. Hoch lag der Schnee auf Wiesen und Feldern. Vor dem Schulhause aber war der Weg sauber gekehrt. Vor Schulanfang ließ das der Herr Lehrer durch seine größeren Schüler besorgen.

Jetzt stand Tilgner vor dem Hause und schaute den heimwandernden Kindern nach. Unwillkürlich atmete er tief auf, denn bis morgen abend war er ein freier Mann. Nur die Orgel mußte er morgen zum Sonntagsgottesdienst spielen.

Er schaute um sich, als die Kinder verschwunden waren. Jetzt lag ein rosiger Schimmer auf der großen, weißen Schneedecke, denn die Sonne versteckte sich eben hinter den Bäumen des nahen Waldes. Von irgendwoher kam das Klingeln eines Schlittens, und jetzt trat ein Reh aus dem Wald und äugte neugierig auf die Straße heraus.

Joseph Tilgner nickte ihm vergnügt zu, dann ging er ins Haus zurück.

In der großen Wohnstube stand schon das Essen auf dem Tische, als Tilgner eintrat.

»Aber Kinder, könnt ihr nicht auf den Vater warten? Ihr werdet doch nicht verhungern!« rief Frau Hanna, nahm Lotti das Weißbrot, das die Kleine eben angebissen hatte, aus der Hand und warf Hans, der stürmisch in seiner Suppe löffelte, einen ermahnenden Blick zu.

»Soll das vielleicht auch mir gelten?« warf die Großmutter ihrer Tochter bissig zu.

»An dich habe ich natürlich dabei nicht gedacht,« erwiderte Hanna.

»Natürlich, an mich wird ja nie gedacht!«

»Aber Mutter!« fuhr die junge Frau auf.

Da begegnete ihr Blick den Augen ihres Mannes, und sie redete nicht weiter, aber man sah es ihr an, daß sie sich ärgerte.

»Heute ist es kalt,« bemerkte Tilgner, um die entstandene Stille zu unterbrechen.

Da hatte Frau Stegmann auch schon wieder eine Bissigkeit bereit. »Ja, das stimmt!« sagte sie. »Wie kalt es ist, das spüre ich am besten in meiner Kammer.«

»Nun, in unserer ist es auch kalt,« erwiderte Tilgner ruhig. »Aber hier sitzen wir doch ganz behaglich.«

»So etwas sagt man einer alten Frau nicht! Hans und Lotti können da wirklich was Schönes lernen.« Sie erhob sich und ging wie eine erzürnte Königin aus dem Zimmer.

Hans kicherte. Auch in Lottis Augen zeigte sich eine große Heiterkeit.

»Kinder,« mahnte Tilgner, »ich hätte die Großmutter nicht ärgern sollen. Ich werde mich deswegen bei ihr entschuldigen.«

Damit war die Sache beigelegt, und weil die Großmutter nicht mehr da war, stellte sich bald die Gemütlichkeit wieder ein, und der Nachmittag verlief in Ruhe und Behaglichkeit.

Als es dunkel geworden war, ging Tilgner aus. Am Samstag hatte er im Pfarrhause seine Tarockpartie, an der auch der Förster teilnahm, und beide waren vom Herrn Pfarrer dann stets zum Abendessen eingeladen. Gegen sieben Uhr schickte Frau Hanna Lotti zur Großmutter. Das Kind sollte der alten Frau sagen, daß man zum Essen gehen werde.

Lotti aber kam allein zurück. »Großmutter kann noch nicht kommen. Sie hat einen Herzkrampf gehabt,« meldete die Kleine in der Küche, wo ihre Mutter gerade Würste in siedendes Wasser legen wollte, dies aber bei des Kindes Botschaft unterließ. Als dann Lotti weiter plauderte: »Die Großmutter ist aber gewiß schon gesund, denn sie hat schon wieder Wein getrunken und Salami dazu gegessen,« preßte Frau Hanna die Lippen aufeinander und legte dann die Würste ein. Sie kannte ja ihre Mutter durch und durch. Diese Herzkrämpfe hatten sich seit jeher zu passender Zeit eingestellt, nämlich immer genau dann, wenn Frau Stegmann damit etwas durchsetzen wollte.

Während die Würste kochten, ging sie hinauf und sagte zur Türspalte hinein: »Wir können nicht länger warten. Willst du vielleicht heute nichts mehr?«

Keine Antwort erfolgte, und Frau Hanna ging wieder in ihre Küche. Aber als sie das Essen auftrug, saß Frau Stegmann schon am Tisch und bewies durch ihren Appetit, daß der Herzkrampf bereits gänzlich überwunden war.

Beim Spülen des Geschirrs vergoß dann Hanna ein paar Tränen, und als sie den letzten Teller in den Schrank stellte, murmelte sie voll Bitterkeit: »Warum bleibt sie nur bei uns, wenn es ihr so wenig gefällt! Sie könnte mit ihrer Pension ganz gewiß in Trautenau besser leben – und wir hier auch. Aber sie will ja sparen für ihren Fritz – auf unsere Kosten.«

Gegen neun Uhr gingen die Kinder schlafen. Die junge Frau holte sich ihren Flickkorb und setzte sich zur Lampe. Als die Schwarzwälderuhr zehn schlug, räumte Hanna das Nähzeug weg, tat die ausgebesserte Wäsche in den Kasten, nahm ein Tuch um und trat vor das Haus.

Es war eine prachtvolle Nacht. Das Licht des Vollmondes und die Helligkeit des Schnees machten sie fast zum Tage. Das Dorf, ein wenig tiefer gelegen als das Schulhaus, das sich an seinem südlichen Ende befand, sah jetzt, in Schnee gebettet und von dem sanften Lichte überstrahlt, märchenhaft schön aus. Der Blick der jungen Frau wurde ganz weich, als er auf dem lieben Neste ruhte, das ihr eine traute Heimat geworden war.

Jetzt blitzte etwas da unten auf, das sich bewegte. Ein Helm war es und ein Bajonett. Der Gendarm Krüger kam gemächlich die Straße herauf.

Als er in die Nähe der Schule kam, grüßte er. »Frau Tilgner, Sie sind noch auf? Und in dieser Kälte stehen Sie im Freien?« sagte er, am Gartenzaun stehen bleibend.

»Ich warte auf meinen Mann. Er ist im Pfarrhaus,« entgegnete Hanna. »Wohin müssen Sie denn heute noch?«

»Zur Station will ich.«

»So weit noch?«

»Und dann muß ich die Grenze begehen. Es ist uns einer gemeldet worden. Vielleicht erwische ich ihn.«

»Nun, bei dem Schnee ist das kein Vergnügen. Überhaupt –«

»Überhaupt ist's kein Vergnügen, auf die Menschenjagd zu gehen. Aber es muß halt sein.«

»Da haben Sie freilich recht. Aber –«

»Na, sehen Sie, Frau Lehrer, jetzt geben Sie's selber zu. Aber jetzt muß ich machen, daß ich weiter komm'. Gute Nacht und eine Empfehlung an den Herrn Gemahl!«

Frau Hanna schaute Krüger eine Weile nach, dann zogen die Eiszapfen, die sich an das Dach gehängt hatten, und die jetzt im Mondstrahl wie silbern glänzten, ihre Augen auf sich. »Wenn das alles wirklich Silber wäre!« murmelte sie und mußte dann über diesen Gedanken lächeln.

So still wurde es jetzt, daß sie die Schneeklumpen fallen hörte, die sich plötzlich drüben am Saume des Waldes von den Zweigen gelöst hatten. Ein wenig vorgeneigt schaute sie zu der im Dunkeln liegenden Stelle hinüber, dann aber machte sie plötzlich einen raschen Schritt nach dem Hause zu.

Unter den Bäumen war eine Gestalt aufgetaucht, die Gestalt eines Mannes.

Jetzt löst sich die Gestalt aus dem Dunkel und ist mit wenigen Sprüngen auf der Straße.

Vom Waldesrand bis zum Schulhause sind kaum zweihundert Schritte. Der Mann legt sie fast laufend zurück.

Frau Hanna bleibt wie angewurzelt stehen. Ein schrecklicher Gedanke ist in ihr aufgezuckt. Die eine Hand auf das Herz, die andere um eine Zaunstange pressend, erwartet sie den eilig Herankommenden. Plötzlich stößt sie einen leisen Schrei aus. »Fritz, du bist's wirklich? Und so – so kommst du zu uns?« stöhnt sie.

»So mach doch auf! Merkst du denn nicht, daß ich nicht gesehen werden darf?« fährt er sie an, reißt das Pförtchen auf und ist im nächsten Augenblick im Hause verschwunden.

Totenbleich und an allen Gliedern bebend folgt ihm seine Schwester.

Im Wohnzimmer sitzt er auf einem Stuhl. Seine Reisetasche und sein Hut liegen vor ihm auf dem Boden. Die Augen sind tief eingesunken, und ihr Ausdruck ist scheu und unruhig.

Hanna hat sich auch setzen müssen. Gleich neben der Tür hat sie einen Sessel gefunden, und das war gut. Sie wäre sonst vielleicht zusammengebrochen, so sehr zittern ihre Kniee, so kraftlos hat der Schrecken sie gemacht.

Endlich findet sie Worte. »Was hast du getan?« fragt sie mit einer Stimme, die gar nicht der ihrigen gleicht.

Fritz fährt auf. »Du nimmst also sofort an, daß ich –«

»Was nehme ich an?«

»Jedenfalls etwas Schlechtes. Leugne es, wenn du kannst – du, die du immer so lieblos gegen mich warst!«

»Laß das jetzt!«

Frau Hanna erhebt sich und geht steif bis an den in der Mitte des Zimmers stehenden Tisch, auf den sie sich stützen muß. Weit vorgebeugt steht sie da, die Augen starr auf Fritz gerichtet. »Bringst du Schande in dieses Haus?« fährt sie fort. »Bist du nicht getrieben von Angst hierher gekommen? Und dein Aussehen! Fritz, wenn du dich ansehen könntest! Wie ein flüchtiger Mörder siehst du aus.«

Ein unterdrückter Schrei. Fritz hatte auffahren wollen, aber kraftlos sank er wieder zurück und schlug die Hände vors Gesicht.

»Fritz – Fritz!« stöhnte seine Schwester, ihn wie eine Irrsinnige anstarrend.

Keines von beiden hatte bemerkt, daß Tilgner unter der Tür stand. Jetzt sagte er in die fürchterliche Stille hinein, die den letzten Worten gefolgt war: »Hanna, laß mich mit Fritz allein. Später werde ich dich rufen. Da wirst du ruhiger geworden sein.«

Er führte die Zitternde in die Küche hinaus.

Als er zurückkehrte, lief Fritz im Zimmer umher.

»Setz dich!« sagte Tilgner.

»Ich kann nicht.«

»Du setzest dich!«

In des Lehrers Wesen war etwas, dem Fritz nachgeben mußte. Zähneknirschend stieß er sich einen Stuhl zurecht und ließ sich darauffallen.

»So – jetzt rede!« befahl Tilgner.

Fritz stöhnte nur: »Für einen Mörder hält sie mich! Für einen Mörder!«

Tilgner lachte bitter auf. »Du bist wie deine Mutter,« sagte er. »Die dreht einem auch das Wort im Munde herum. Und so warst du seit jeher. Hanna hält dich nicht für einen Mörder, sie hat mit ihren Worten nur dein Aussehen charakterisieren wollen und hat das sehr richtig getroffen.«

»So glaubst auch du –«

»Daß du zurzeit sehr gendarmenscheu bist! Ja, das glaube ich. Also – heraus mit der Sprache! Wenn du, was ich wünsche und hoffe, kein Mörder bist, was bist du dann?«

»Ich habe meine Kasse angegriffen,« gab Fritz, die Augen senkend, zu.

»Also ein Dieb!« ergänzte sein Schwager das schmähliche Bekenntnis.

Fritz ballte die Hände und warf Tilgner einen wütenden Blick zu.

»Nun, du wirst dich doch nicht mehr für einen ehrlichen Menschen halten?«

»Es hat schon mancher –«

»Es hat noch keiner einen Orden dafür bekommen, selbst wenn er nur gestohlen hat, um seine hungernde Familie satt zu machen. Du aber hast keine Familie und einen Gehalt, der den meinigen weit übersteigt. Du hast also keine Entschuldigung dafür, daß du zum Dieb geworden bist.«

»Joseph!«

»Geniert dich das Wort? Es hat dich doch die Tat nicht geniert!«

»Du kennst das Leben in der Großstadt nicht.«

»Ich habe genug Phantasie, um es mir vorstellen zu können. Ganz genau aber kenne ich dich, mein Junge. Schon immer hast du alles nur für dich haben wollen. Du bist auch darin deiner Mutter Sohn. Das Wenigste leisten und das Meiste begehren – das ist euer in Taten umgesetzter Wahlspruch. – Was willst du übrigens hier? Meinst du hier Geld zu bekommen, im armen Dorfschulhaus, wo man aus der Hand in den Mund lebt?«

»Ich hoffte –«

»Nun, vielleicht kann dir deine Mutter helfen. Wie viel mußt du denn haben, um nicht –«

»Lumpige vierhundert Kronen.«

»Die kann dir deine Mutter sicher geben.«

»Meinst du?«

»Gewiß. Aber die hättest du doch auch von Otto erhalten können – herzensgut und opferfähig, wie er ist.«

»Er ist es ja auch! Bei Gott, das ist er!« brach Fritz aufschluchzend los. »Er hat mir ja auch geholfen. Achthundert Kronen hat er für mich zusammengeborgt.«

»Du hast vorhin von vierhundert Kronen gesprochen –«

»Die ich noch brauche.«

»Also hast du zwölfhundert gestohlen?«

»Nur achthundert.«

»Entweder bist du oder bin ich verwirrt.«

»Gestern abend hat Otto mir die achthundert Kronen ins Kaffeehaus gebracht, wo ich auf ihn warten mußte. Aber er war so bös auf mich, daß er mich gleich wieder verließ – und da –«

»Und da?«

»Da kam ich auf die Idee, zu spielen. Wenn ich Glück gehabt hätte, hätte ich meine Kasse und Otto befriedigen können.«

»Du hast aber kein Glück gehabt?«

»Leider nicht.«

»Und hast also die Hälfte von Ottos mühsam zusammengebrachtem Gelde verspielt?«

»Ach hab's ja nur gut gemeint.«

Tilgner war langsam um den großen runden Tisch herumgegangen. Er stand jetzt dicht vor seinem Schwager, schaute ihm tiefernst in die Augen, dann erhob er die Faust und schlug ihm ins Gesicht.

»Schuft!« sagte er dazu und legte die beiden Hände auf den Rücken.

So blieb er vor Fritz stehen.

Der war emporgetaumelt, vor Tilgners durchbohrendem Blick aber wieder auf den Stuhl niedergesunken.

»Dein erstes Verbrechen ist eine Kleinigkeit gegen diese zweite Niederträchtigkeit,« sagte Tilgner. »Du und deinesgleichen, die ihr nicht den leisesten Begriff von Recht und Unrecht habt – euch sollte man vernichten, denn ihr seid das gefährlichste Raubzeug auf Erden.«

Fritz schluckte an einer Antwort und sah tückisch nach seinem Schwager hinüber.

Dieser aber betrachtete den jungen Menschen mit der verächtlichen Neugier, welche man für unbegreiflich Gemeines hat.

Nach einer Weile sagte er: »Die Kassenrevision ist vermutlich schon recht nahe bevorstehend, und deshalb bist du durchgebrannt. Bis dahin begreife ich dich. Warum aber kamst du in so heimlicher, scheuer Weise? Die Schande spürst du nicht, deine Mutter wird dir das Geld geben, also –«

»Ich bin in Gefahr –«

»Ist es also schon zu spät zum Gutmachen des Kassenmangels?«

»Auch dazu ist es zu spät. Heute früh hätte ich's noch vertuschen können. Aber das ist das wenigste –«

»Was heißt das?«

»Das heißt, daß ich möglicherweise in den Verdacht komme, einen Mord verübt zu haben.«

Fassungslos starrte Tilgner seinen Schwager an.

Dieser zog eine Zeitung aus der Tasche seines hellen Überrockes. Er zeigte auf eine gewisse Stelle.

Tilgner las. Er mußte sich einen Stuhl herbeiziehen, denn seine Beine trugen ihn nicht mehr. Seine Augen flimmerten, seine Pulse flogen zum Zerspringen.

Endlich schob er die Zeitung von sich und fragte mit merkwürdig trockener Stimme: »Es handelt sich da um die Tante von Ottos Braut?«

»Ja.«

»Und was hast du damit zu tun?«

»Nichts.«

»Nichts? Fritz, sei in diesem schrecklichen Augenblick wahr!«

»Nichts!« schrie Fritz qualvoll auf.

Im nächsten Augenblick lag er schluchzend zu seines Schwagers Füßen. Er glich einem Verzweifelnden.

Tilgner fühlte, daß der junge Mensch in diesem Augenblick keine Täuschung beabsichtigte.

»Joseph,« schrie Fritz, »ich bin schlecht, und ich bin ehrlos geworden, aber so tief gesunken bin ich nicht! Um Gottes Barmherzigkeit willen, glaube mir – ein Raubmörder bin ich nicht!«

»Steh auf, ich glaube dir ja. Aber was fürchtest du? Besinne dich! Irgend etwas mußt du doch damit zu tun haben. Woher sonst deine Angst?«

»Otto war – vielleicht eine halbe Stunde, ehe die Schubert ermordet wurde – in meiner Angelegenheit bei ihr. Ich selber forderte ihn auf, von der alten Frau das Geld zu borgen. Er sträubte sich lange. Erst als er überall abgewiesen wurde, sagte er, daß er nun doch zur Schubert gehen wolle. Ich sollte ihn an der nächsten Straßenecke erwarten. Meine Ungeduld trieb mich aber dazu, bis zum Hause zu gehen, in dem Otto verschwunden war. Dort drückte ich mich in einen Winkel der Haustornische. Es war dichter Nebel. Eine Frau, die an mir vorbeikam, schaute mich scharf an, dann ging sie ins Haus. Mir war es sehr unbehaglich geworden. Ich ging wieder an die Straßenecke. Nun weißt du, warum ich in Angst bin. Die Beschreibung des Mörders, die dort in der Zeitung steht, paßt genau auf mich. Es wird herauskommen, daß Otto für mich Geld zusammenborgte und daß er auch bei der Schubert war. Und mich hat man nun auch dort gesehen. Weißt du jetzt, warum ich mich verbergen muß, bis der wahre Mörder gefunden ist? Seit gestern früh bin ich aus Wien verschwunden. Es war zu dumm von mir, daß ich schon so frühzeitig das Haus verließ. Aber ich konnte die ganze Nacht nicht schlafen, ich hatte den Kopf verloren. Gegen neun Uhr mußte im Geschäft der Kassendefekt entdeckt sein, da hatte ich dann meine Verhaftung zu gewärtigen. Ich wollte also schon weit weg von Wien sein. Dem Otto wollte ich das Geld, das ich noch besaß, schicken und mich erschießen. Dort in meiner Tasche ist der Revolver.«

»Der unbenützte!« konnte Tilgner zu sagen sich nicht enthalten.

Fritz zuckte zusammen und fuhr dann heiser fort: »Ich hatte nicht den Mut dazu. Und so kam ich hierher.«

»Nachdem du Kenntnis davon bekamst, daß ein Mann von deinem Äußeren die entsetzliche Tat begangen haben soll, hättest du sofort umkehren und dich selbst stellen müssen.«

»Bist du verrückt?«

»Weder in meinem Kopf noch in meinem Gewissen.«

»Ich sollte mich selber der Schande ausliefern?«

»Du hast dich der Schande schon durch deine Tat ausgeliefert. Man wird dich suchen und auch finden.«

»Wirst du mich fortschicken?«

Tilgner zuckte ungeduldig die Schultern. »Werde nur nicht theatralisch!« sagte er kühl. »Ich werde dich nicht zwingen, zu gehen, denn das wird nicht notwendig sein. Wenn du ruhig nachgedacht hast, wirst du selbst dieses Haus verlassen, denn du wirst einsehen, daß man dich zuallererst hier suchen wird.«

Fritz Stegmann sah seinen Schwager erschrocken an, dann legte er den Kopf auf den Tisch und fing herzerbrechend zu weinen an.

Da ging Tilgners Verachtung in Mitleid unter. Er sagte gütig: »Fritz, entschließ dich zu dem einzig Richtigen. Laß es nicht darauf ankommen, daß man dich gewaltsam nach Wien bringt. Geh selbst! Es wird der beste Beweis für deine Schuldlosigkeit in bezug auf jenes größere Verbrechen sein. Ermanne dich, Fritz – büße und mach damit deine Seele wieder frei! Wenn dir die Selbststellung dadurch leichter wird, fahre ich gern mit dir nach Wien und –«

Tilgner hielt inne. Fritz hatte den Kopf erhoben. Beide lauschten.

»Die Mutter!« murmelte Fritz und sah scheu nach der Tür, hinter welcher man das Sprechen zweier Frauenstimmen hörte.

Schon wurde die Tür aufgerissen, und die alte Frau Stegmann kam, so schnell ihre Schwerfälligkeit es zuließ, hereingestürzt. »Fritz – Fritz!« schrie sie. »Was ist geschehen? Und diese roten Flecken in deinem Gesicht! Bist du gestürzt?«

»Nein, ich schlug ihn,« sagte Tilgner.

»Sie schlugen ihn!« kreischte die alte Frau. – »Und du hast dir das gefallen lassen?« wandte sie sich an ihren Sohn.

»Er wird sich noch mehr gefallen lassen müssen,« sagte Tilgner schroff.

Hanna stand totenbleich und bebend an der Tür. Ihre Mutter war ebenfalls auf einen Stuhl gesunken, aber wütende Blicke konnte sie doch noch versenden. »Schweigen Sie!« zischte sie ihren Schwiegersohn an. »Von Fritz will ich hören, was geschehen ist. – Fritz, mein Junge, komm mit mir. Diese beiden haben ja kein Herz für dich.«

Sie hatte sich erhoben.

Als Fritz das gleiche tun wollte, sagte Tilgner streng: »Du bleibst hier. Solange du unter meinem Dache bist, gibt es keine Heimlichkeiten. So – und jetzt red.«

»Sag du es!« stieß Fritz heraus.

Tilgner machte die beiden Frauen mit dem Geschehenen bekannt und schloß seine Erklärung mit den Worten: »Vernünftigerweise ist Fritz entschlossen, sich dem Gericht zu stellen.«

Frau Stegmann hatte ihm wie entgeistert zugehört. Schrill auflachend schrie sie jetzt: »Dazu haben natürlich Sie ihn überredet. Aber das geschieht nicht!«

»Es wird geschehen, und Sie werden nichts anderes dabei zu tun haben, als daß Sie die unterschlagene und die verspielte Summe ersetzen. Ich weiß, daß Sie in der Lage sind, dieses Opfer bringen zu können, während Otto, der immer von Ihnen Zurückgesetzte, keine Ursache hat, jahrelang Schulden zu schleppen, die dieser hier gemacht hat.«

»Was ich mit meinem Gelde mache, geht niemanden etwas an,« schrie Frau Stegmann. »Fritz wird aber selbstverständlich Geld von mir erhalten, damit er fliehen kann.«

»Wenn er sich wirklich dazu von Ihnen verleiten läßt, geht er augenblicklich aus meinem Hause.«

»Mitten in der Nacht?« schrie die Alte.

»Jetzt, mitten in der Nacht,« sagte Tilgner mit eisiger Ruhe.

»Pfui – pfui!«

»Aber Mutter!« rief Hanna empört.

Tilgner winkte ihr beruhigend zu. »Laß sie nur!« sagte er. »Heute wollen wir nichts von ihr erwarten, was auch sonst schon gegen ihre Natur geht. – Fritz,« wandte er sich dann an seinen Schwager, »erkläre dich jetzt. Wir müssen schon bald aufbrechen, wenn wir zum Frühzug noch zurechtkommen wollen.«

Frau Stegmann rang die Hände.

Fritz hatte sich erhoben. Sein hübsches Gesicht war sehr blaß und sehr ernst. Er richtete sich stramm auf, schaute seinem Schwager und dann seiner Schwester fest ins Auge und sagte: »Ich will nach Wien zurück. Joseph, Hanna, verzeiht mir die Schande, die ich euch mache. Ich glaube, daß ich von heute an ein anderer sein werde. So – und jetzt laßt mich allein.«

Da stürzte seine Mutter auf ihn zu und umklammerte ihn. »Ich lasse dich nicht allein. Du tust dir etwas an!« wimmerte sie.

Er machte sich von ihr frei. »Geh, Mutter, sonst könnte ich im Guten und Wahren wieder schwankend werden,« murmelte er und kehrte sich ab.

Da sank die alte Frau vor ihm auf die Kniee. Es war, als ob etwas gebrochen wäre in ihr. Schluchzend wiederholte sie immer wieder: »Also im Guten und Wahren würde ich ihn schwankend machen! Im Guten und Wahren! – Fritz, wie kannst du mich so verurteilen!«

Hanna weinte laut und hob die alte Frau auf.

Frau Stegmann aber ließ sich nicht halten. Sie machte sich heftig frei und ging hinaus.

Hanna wollte ihr nach. Ihr Mann aber winkte ihr, das sein zu lassen.

»Fritz wird jetzt eine Stunde ruhen,« sagte er. »Dann mach uns Tee. Ich begleite ihn bis Wien, wenn ihm das die Fahrt leichter macht.«

»Ich bitte dich darum,« murmelte der Unselige.

Tilgner ging in dem Gang, der vor der Küche lag, auf und nieder. Nur von hier aus konnte man in das Wohnzimmer gelangen. Er bewachte den Eingang. Er war fest entschlossen, seine Schwiegermutter mit Fritz nicht allein zu lassen.

Aber sie kam nicht wieder zum Vorschein. Erst kurz vor dem Aufbruch hörten sie sie die Treppe herunterkommen.

»Hier ist, was ich habe,« murmelte sie. »Mein Kopf ist ganz wirr. Nehmen Sie, was gebraucht wird, heraus.« Sie hielt Tilgner eine alte lederne Tasche hin.

Er schraubte die Lampe höher und legte, was in der Tasche war, auf die Platte des Küchentisches. Es war mehr, als er und Hanna vorausgesetzt hatten. Neben Gold- und Papiergeld kam ein Umschlag zum Vorschein, der etwa ein Dutzend Wertpapiere umschloß.

An diese hielt sich Tilgner. Er riß ein Blatt aus seinem Notizbuch und schrieb die Nummern von sieben dieser Wertpapiere auf, deren Verkauf ein wenig mehr ergeben würde, als man zur Ordnung der Angelegenheit bedurfte. Dann mußte Frau Stegmann schriftlich bescheinigen, wozu der Erlös der Papiere dienen sollte.

Man war eben damit fertig, und die alte Frau hatte alles, was übrig blieb, gerade wieder in die Tasche getan, als sich die Zimmertür öffnete, und Fritz fragte, ob man noch nicht bald gehen müsse.

Er sah recht elend, immerhin aber ruhiger als vorher aus.

Hanna fiel ihrem Bruder um den Hals, zerdrückte ihn schier und schluchzte herzzerbrechend. Frau Stegmann aber, die jetzt, da sie Geld hergegeben, ihren Trotz und ihren Hochmut wiedergefunden hatte, fand Worte genug.

»Freiwillig gehst du, mein Kind, mein teures Kind!« deklamierte sie. »Wie bist du trotz deiner ja entschuldbaren Verirrung besser als manch anderer, der sich für wer weiß was hält!«

»Seine Verirrungen sind nicht entschuldbar,« verbesserte Tilgner die Worte der heuchlerischen Frau, die sogar jetzt um sich biß.

Als die beiden Männer das Schulhaus verließen, schlug es auf dem Dorfkirchturm gerade zwölf Uhr.

Hanna schaute ihnen nach, bis sie im Walde verschwanden. Viel sah sie allerdings nicht, denn ihre Augen schwammen in Tränen.

Achtes Kapitel

Schweigend schritten die beiden Männer durch den Winterwald. Still war es um sie her, nur der Schnee krachte unter ihren Tritten.

Unangefochten erreichten sie eine halbe Stunde vor Ankunft ihres Zuges die Station.

Auf dieser herrschte schon Leben, denn es war soeben der Gegenzug eingefahren.

Er hatte nur wenig Passagiere gebracht, unter diesen einen hochgewachsenen jüngeren Mann, der sich sogleich in das Restaurant begab, um nach der kalten Fahrt etwas Erwärmendes zu sich zu nehmen.

Mit ihm zugleich betraten Tilgner und sein Schwager den kleinen Restaurationsraum, denn auch sie waren tüchtig durchfroren.

»Hier wollen wir uns setzen, Fritz,« sagte Tilgner, auf einen in der Nähe des warmen Ofens befindlichen Tisch zugehend.

Der Fremde hatte sich bereits am Nachbartische niedergelassen. Als das Wort »Fritz« fiel, erhob er die Augen. Es waren klug und scharf schauende Augen. Sie hefteten sich auf den Angeredeten, der sich jetzt, obwohl er einen warmen, hellen Überzieher trug, fröstelnd an den Ofen stellte.

»Wäre ich nur schon in Wien!« sagte Fritz zu Tilgner. »An der Geldgeschichte liegt mir ja wenig mehr. Das ist ja schon so gut wie beseitigt, aber das andere, das man mir vielleicht aufhalsen wird! – Bitte, hol doch gleich die Karten. Es ist mir sonst, als ob jetzt noch etwas dazwischen kommen könnte.«

»Gut. Bestell inzwischen Kaffee.«

Tilgner nahm seine Geldtasche heraus und verließ den Restaurationsraum.

Trotzdem die beiden nur leise miteinander sprachen, hatte der Fremde am Nebentisch doch offenbar verstanden, wovon die Rede war. Er hatte ein Notizbuch aus der Brusttasche seines Rockes genommen und es geöffnet. Eine Photographie lag darin, die er aufmerksam betrachtete.

Es war die Photographie dessen, der hier am Ofen stand, während sein Begleiter gegangen war, um Fahrkarten nach Wien zu lösen.

Tilgner kam eben zurück. Auch der Kellner fragte jetzt nach den Wünschen der Gäste, und die drei Reisenden bestellten Kaffee bei ihm. Sie bezahlten auch sogleich.

»Wenn wir nur ein Abteil für uns allein fänden!« sagte Fritz.

Der Fremde stand auf, ging hinaus auf den Bahnsteig und suchte dort das Zimmer des Stationsvorstandes auf. Mit diesem hatte er eine kurze Unterredung.

Als er das Zimmer wieder verließ, traten Tilgner und Fritz eben auf den Bahnsteig hinaus.

Da stellte er sich ihnen vor. Johann Prischinger hieß er und gab an, er sei Beamter der Bahn. Er habe vorhin gehört, daß der eine der Herren sich nicht ganz wohl fühle und gerne ohne viel Gesellschaft nach Wien reisen möchte. Diesen Wunsch könne er erfüllen, freilich nur dann, falls die Herren ebenfalls dritter Klasse reisten wie er. Da könne er es ihnen schon ermöglichen, mit ihm, der auch nach Wien fahre, allein zu bleiben. »Ich werde die Herren nicht stören,« fügte er freundlich hinzu, »denn ich habe die ganze Nacht gewacht und werde wohl bis Wien schlafen.«

Tilgner nahm das freundliche Anerbieten gerne an. Sie stiegen mit dem Fremden zusammen in ein leeres Abteil ein, und tatsächlich blieben sie mit ihrem fast immer schlafenden Reisegefährten bis Wien allein. Sie konnten also ziemlich ungeniert miteinander reden, denn der Mann war der reine Dauerschläfer, dessen Gegenwart nur dadurch unangenehm war, daß er schnarchte.

In Wien stiegen sie sofort in eine Droschke und ließen sich zu Fritzens Chef fahren. Sicher war es ja nicht, daß dieser schon die Anzeige gegen seinen flüchtigen Kassierer erstattet hatte. Vielleicht war also die fatale Angelegenheit noch in aller Stille abzumachen. Daß ein zweiter Wagen dem ihren folgte, darauf achteten sie nicht.

Sie fanden den Bankier daheim. Er pflegte die Sonntage stets im Kreise seiner Familie zuzubringen.

Wollte man aber daraus schließen, daß er ein gemütlicher Mann sei, so wäre dies ein Irrtum gewesen, denn Thomas Leibner war ganz das Gegenteil davon.

Als ihm die Besucher gemeldet wurden, warf er erregt seine Zeitung auf den Tisch und sprang auf. »Sie wagen es wirklich, mir noch einmal unter die Augen zu treten?« sagte er hart und scharf zu Fritz, der sich nur mühsam an der Lehne eines Sessels aufrecht hielt und keines Wortes mächtig war.

Da trat Tilgner vor, verbeugte sich kurz und entgegnete mit vieler Ruhe: »Wir begreifen Ihre Entrüstung, allein sie hätte keinen Zweck mehr, falls Sie noch keine Anzeige gegen meinen Schwager gemacht haben sollten.«

»Die ist selbstverständlich bereits gemacht.«

»Da Sie also schon die Anzeige erstattet haben, so ist unsere Anwesenheit hier nicht weiter notwendig. Wir empfehlen uns deshalb und –«

»Aber mein Geld? Was ist mit meinem Geld?«

»Haben wir bei uns. Allein wir werden es nun wohl dem Gericht übergeben müssen.«

»Bitte, lassen Sie es nur da! Ich habe hier die genaue Abrechnung. Wollen Sie sie prüfen, Herr Stegmann? – Nein? – Nun also, dann geben Sie nur her. Ich teile dem Gericht sofort mit, daß die Angelegenheit erledigt ist. Das wird Ihnen nur nützlich sein.«

Tilgner packte seine Wertpapiere aus.

Leibner machte jetzt ein recht zufriedenes Gesicht. Er kam ja nun ohne Schaden davon, das übrige war ihm ziemlich gleichgültig. Dennoch fühlte er sich bewogen, nun ein wenig freundlicher zu sein.

»Herr Prantner hat mir natürlich nicht verbergen können, daß Sie die Kasse angegriffen haben,« begann er, sich zu Fritz wendend, »und in seiner Entrüstung erzählte er mir auch, daß Ihr Bruder das Geld in aller Eile herbeigeschafft hat, daß Sie es aber zum Teil wieder verspielten und dann flüchteten. Da war ich so erzürnt –«

»Daß Sie mich anzeigten.«

»Ja. Ich zeigte aber auch noch etwas anderes an,« fuhr Leibner verlegen fort, »und das tut mir jetzt fast leid, wiewohl es meine Pflicht war – einfach meine Pflicht.«

»Was war Ihre Pflicht?« fragte Tilgner gespannt.

»Zu sagen, daß Herr Falk und Herr Stegmann Stiefbrüder sind.«

»Wer interessierte sich denn dafür?«

»Ich las in der Zeitung, daß ein gewisser Otto Falk, der Bräutigam der Anna Lindner, von der Behörde vernommen wurde über den Verkehr der ermordeten Frau Schubert und daß –«

»Ich bitte fortzufahren, Herr Leibner.«

»Also – der Name Otto Falk fiel mir auf. Sie, Herr Stegmann, haben ja öfters von Ihrem Stiefbruder gesprochen, und erst gestern früh sang Prantner sein Lob –«

»Und da gingen Sie zur Polizei und erzählten dort, daß dieser brave Mensch vorgestern Geld für seinen Bruder zusammengeborgt hat?« sagte Tilgner empört.

»Auch das erzählte ich,« erwiderte der Bankier trotzig. »Aber ich ging hauptsächlich deshalb hin, um der Polizei mitzuteilen, daß dieser Otto Falk einen Stiefbruder habe, der mir mit achthundert Kronen durchging, einen hellen Winterüberzieher trägt und –«

Fritz sank stöhnend auf einen Sessel.

»Es war meine Pflicht,« fuhr Leibner fort. »Gewiß, meine Bürgerpflicht war es.«

»Allerdings – es war Ihre Bürgerpflicht,« sagte Tilgner ruhig. »Wenn Sie auch alle anderen Bürgerpflichten so pünktlich erfüllen, dann sind Sie in der Tat ein Musterbürger.« Dann wies er auf die noch daliegenden Wertpapiere und fuhr fort: »Was davon Ihnen zukommt, behalten Sie am liebsten natürlich gleich hier.«

Leibner legte einige der Papiere beiseite und schrieb eine Empfangsbestätigung darüber.

Mühsam erhob sich Fritz. Einen Blick noch warf er auf Leibner, vor welchem dieser die Augen senkte, dann wankte er hinaus.

Auch Tilgner empfahl sich nur stumm und ging Fritz nach.

Leibner schaute ihnen nach. Er hatte einen ganz roten Kopf. Dann aber machte er eine wegwerfende Bewegung und sagte noch einmal laut und nachdrücklich: »Es war meine Bürgerpflicht!« –

Schweigend gingen die beiden Verwandten die Treppe hinab.

»Und jetzt?« fragte Fritz, als sie auf die Straße traten. Er war totenbleich, und seine Stimme klang heiser.

Tilgner legte ihm die Hand auf die Schulter. »Verlier den Mut nicht, nimm ergeben die Strafe hin, die du verdient hast. Und was das andere anbelangt – auch da sollst du den Mut nicht verlieren. Der Schuldige wird gefunden werden.«

»Führst du mich jetzt aufs Gericht?« fragte, halb sinnlos vor Angst, der Unglückliche.

Tilgner schaute ihn verwundert an. »Ich glaubte, du seiest hierher gekommen, um dich freiwillig zu stellen?«

Fritz starrte einige Augenblicke lang vor sich hin. Dann schossen Tränen in seine Augen und rollten langsam über seine bleichen Wangen. Und während er auf den wartenden Wagen zuschritt, rief er selbst dem Kutscher zu: »Zum Landesgericht!«

Der Kutscher nickte gleichmütig, und der Wagen fuhr davon.

Jenseits der Straße hatte ein zweiter Wagen gehalten. Er setzte sich ebenfalls in Bewegung.

Es war heute das gleiche schlechte Wetter, das am letzten November, also vorgestern, in Wien geherrscht hatte. Es war sogar noch häßlicher, denn der dichte Nebel hatte eine eisige Kälte mitgebracht.

Es war kein Wunder, daß Fritzens Zähne hörbar aufeinanderschlugen.

Wieder redeten die beiden kaum ein paar Worte. Aber ihre Hände hatten sich gefunden. Die Rechte Tilgners hielt mit festem Druck Fritzens eiskalte Finger umspannt.

Endlich hielt der Wagen an.

Tilgner erhob soeben die Hand, um den Schlag zu öffnen. Aber das besorgte schon ein anderer.

Beide blieben höchlich betroffen neben dem Wagen stehen und starrten den an, der die Wagentür aufgetan hatte, und der jetzt zu Fritz sagte: »Kommen Sie nur, man erwartet Sie schon. Es ist sehr gut für Sie, daß Sie freiwillig gekommen sind.«

Der das sagte, war der junge, stattliche Mann, mit dem sie nach Wien gefahren waren.

Neuntes Kapitel.

Tilgner klopfte an die Tür von Ottos Wohnung. Es blieb stumm, denn der Gesuchte war nicht zu Hause, und Ottos Wirtin wußte nicht anzugeben, wo er sei. Sie war offenbar eine sehr neugierige Person und stellte Fragen an Tilgner, die bezeugten, daß sie sich seit gestern über ihren Mieter Gedanken machte.

Das gefiel Tilgner wenig, und er empfahl sich rasch und fuhr nach der Hauptpost, wo er in einem Brief in gedrängter Weise Otto alles zu wissen tat, was seit gestern abend geschehen war. Zu diesem Briefe legte er sämtliche Wertpapiere, die er noch besaß, sowie die vier Hundertkronenscheine, die er Fritz abgenommen hatte, und gab all dies zusammen als Wertsendung an Otto auf. Er hatte den Brief an das Geschäft, in dem Otto angestellt war, adressiert. Nachdem dies abgetan war, fuhr er zum Bahnhof und kam gerade noch zu dem Prager Zug zurecht.

Zu derselben Zeit, als Tilgner aus dem Bahnhof hinausfuhr, wurde Ottos Wirtin abermals gestört. Es kam ein Mann, der offenbar ein Polizist war, und gab für Otto Falk ein amtlich aussehendes, versiegeltes Schreiben ab.

Die Augen der Frau glitzerten förmlich vor Neugierde. Gar zu gerne hätte sie gewußt, was in dem Schreiben stand, und es war gut, daß Otto eben heimkam und es ihr abnahm. Es war eine abermalige Vorladung. Am acht Uhr morgens hatte er sich am nächsten Tage in demselben Amtszimmer einzufinden, in welchem er bereits einmal erschienen war, um freiwillig die Auskunft zu geben, daß Frau Schubert um eine gewisse Zeit noch gelebt habe. Zu seiner damaligen großen Aufgeregtheit hatte er gemeint, daß er dies aussagen müsse. Bezog es sich doch immerhin auf den schrecklichen Fall und konnte daher möglicherweise zu dessen Klärung beitragen.

Eine kurze Weile peinigte ihn freilich der Gedanke, daß Fritz, von dem er sich ja sogleich getrennt hatte, nachdem er ihm gesagt, daß die Schubert nichts hergegeben habe, möglicherweise auch dieses Verbrechen begangen haben könne; aber er ließ diesen entsetzlichen Verdacht doch nicht so recht in sich aufkommen, und gänzlich beseitigt wurde er, als Lauterer ihm das Vierblatt zeigte, das ja der Schubert nicht gehört hatte, also nur von ihrem Mörder auf dem Schauplatz seiner Tat zurückgelassen worden sein konnte.

Otto aber wußte ganz genau, daß Fritz ein solches Anhängsel nicht an seiner Uhrkette gehabt hatte. Es konnte ihm also auch in einem etwaigen Kampfe mit der Überfallenen nicht entrissen worden sein.

Dennoch ärgerte er sich, seit er ruhiger geworden, darüber, daß er zur Behörde gelaufen war. Er hatte sich dadurch immerhin mit dem Fall in Berührung gebracht. Und wenn man dahinter kam, daß er gestern so viel Geld gebraucht hatte, wenn man ferner dahinter kam, für wen er es brauchte, wie damit gewirtschaftet worden war, und daß Fritz nun verschwunden sei – –!

Otto Falk war schon vor Eintreffen der Vorladung recht unruhig gewesen. Als er sie gelesen hatte, steigerte sich seine Unruhe noch um ein bedeutendes.

Aber pünktlich fand er sich am anderen Morgen bei Lauterer ein.

Dieser empfing ihn weit kühler, als er ihn das vorige Mal entlassen hatte. Er sagte ohne jede Einleitung: »Sie haben mich gestern belogen.«

Otto wollte auffahren, aber er besann sich und wartete darauf, was der Beamte weiter vorbringen werde.

»Sie gingen nicht zu Frau Schubert, um wegen Ihrer Heirat mit ihr zu sprechen, sondern um Geld von ihr zu fordern.«

»Zu erbitten,« verbesserte Falk. Er war sehr blaß geworden, sah er doch, daß die Lage für ihn ernst, recht ernst wurde. Das war keine Besprechung mehr, das war schon ein Verhör.

An dem Tisch, der hinter dem Lauterers dicht beim Fenster stand, saß ein Schreiber und protokollierte.

Dieser Schreiber war ein schon ältlicher Mann mit dichtem, kurzgeschorenem, eisgrauem Haar. Er trug eine Brille. Wenn er nicht schrieb, schaute er gelangweilt auf seine Uhr, die vor ihm auf dem Tische lag.

Falk bemerkte das wie durch einen Nebel, und wie durch einen Nebel kam ihm der Gedanke: »Könnte ich doch auch wieder so ruhig sein, wie dieser Mensch es ist!«

Lauterer fuhr fort: »Sie machten mich auch glauben, daß Sie vorgestern nachmittag deshalb nicht in Ihr Geschäft gingen, weil Sie unwohl gewesen seien.«

Otto lächelte schmerzlich. »Es war mir in der Tat übel, seelisch und körperlich übel zumute,« warf er leise ein.

»Das mag richtig sein, aber Sie blieben nicht deshalb Ihrem Geschäfte fern. Sie liefen umher, um Geld aufzutreiben.«

»Das ist also der Behörde schon bekannt?«

»Ja. Es ist ihr auch schon bekannt, daß Sie selbst ein sehr geregeltes, in jeder Beziehung einwandfreies Leben führen und mit Ihrem Gehalt ausreichen, daß Sie also die Schulden, die Sie machten, nicht für sich, sondern für einen anderen, für Ihren Stiefbruder Friedrich Stegmann machten, dessen Leumund ein recht bedenklicher ist, der aus Wien verschwand und nun polizeilich wegen Unterschlagung verfolgt wird. Gestern erzählten Sie mir ferner, daß Sie niemanden als Ihre Braut in Wien hätten, mit dem Sie über Ihre Angelegenheiten reden können. Daß auch Ihr Stiefbruder in Wien sei, verschwiegen Sie – begreiflicherweise,« setzte der Beamte mit einem Anflug von Lächeln hinzu.

»Begreiflicherweise,« wiederholte Falk, »denn nicht einmal meine Braut weiß, daß Fritz hier ist. Ich schäme mich seiner.«

»Um welche Zeit wollen Sie von der Schubert weggegangen sein?«

»Ich bin zehn Minuten vor sechs aus dem Hause getreten.«

»Es gibt jemanden, der mit Sicherheit aussagt, daß dies erst fünf Minuten nach sechs geschehen ist.«

»Hat dieser Jemand auf meine Uhr geschaut?«

»Sie denken an Uhrendifferenzen?«

»Ja.«

Der Schreiber mußte in diesem Augenblick husten.

Lauterer schaute zu ihm hin. Er mußte sich zu diesem Zweck weit zurückbeugen.

Als er wieder seine frühere Stellung einnahm, fragte er weiter: »Haben Sie Ihre Uhr seit Freitag vor- oder zurückgestellt?«

»Ich hatte keine Ursache dazu. Sie geht ausgezeichnet.«

Falk nestelte die einfache Kette los und legte sie samt der Uhr vor Lauterer hin.

Dieser drückte auf den Knopf einer elektrischen Klingel.

Ein Wachmann kam herein.

Lauterer nickte ihm bloß zu, worauf der Mann wieder ging.

Es dauerte nicht lange, da wurde die Tür wieder aufgetan. Falk, der ihr den Rücken zuwendete, wußte aber nicht, wer eingetreten war.

Da schrie jemand hinter ihm laut auf: »Otto!«

Jetzt fuhr auch dieser auf und wandte sich um. Die Brüder standen einander wie erstarrt gegenüber.

Des Schreibers Blick wanderte zwischen ihnen hin und her. Auch Lauterer beobachtete sie scharf.

»Du bist wieder da?« sagte Falk endlich. In seinem Gesicht war tiefe Traurigkeit zu lesen.

Des anderen Wangen überflog ein dunkles Rot. »Ja, aber freiwillig bin ich zurückgekehrt,« sagte er. »Daheim war ich. Joseph hat mich herbegleitet. Er riet mir, alles, was ich weiß, wahrheitsgemäß mitzuteilen.«

»Da hat er dir gut geraten.«

»Geben Sie mir einmal Ihre Uhr,« sagte Lauterer zu Fritz.

Dieser tat, wie ihm geheißen worden war.

»Haben Sie sie seit vorgestern abend vor- oder zurückgerichtet?«

»Ich habe sie wie immer aufgezogen. Weiter habe ich nichts mit ihr gemacht.«

»Ist das sicher?«

»Jawohl. Ich habe zwischen damals und jetzt an ganz anderes gedacht als daran, meine Uhr zu richten.«

Lauterer hatte den Gang der beiden Uhren verglichen. Dann schaute er zu dem Schreiber hinüber.

»Um zwölf Minuten differieren die Uhren. Die Ihrige, Herr Falk,« sagte er zu Otto, »zeigt genau so viel als meine Uhr, die ein Präzisionswerk hat.«

»Auch meine hat ein solches Werk,« bemerkte Falk gelassen und nahm seine Uhr wieder zurück. Dabei setzte er seinen ersten Worten hinzu: »In dieser Beziehung habe ich also nicht gelogen.«

»Sie gingen, als Sie das Haus der Schubert verlassen hatten, sofort zu Ihrem Stiefbruder?«

»Sofort. Er kam mir übrigens entgegen. Ich hatte erst wenige Schritte auf der Straße gemacht, als er schon vor mir stand.«

Der Schreiber blickte in ein Schriftstück, das vor ihm auf dem Tisch lag. Es war das Protokoll, das man auf der Polizeidirektion sogleich nach Stegmanns Eintreffen mit diesem aufgenommen hatte. An einer Stelle stand da zu lesen: »Ich zitterte schon vor Aufregung. Ich ging wieder zum Hause der Schubert. Da kam Otto mir schon entgegen.« Neben diese Stelle schrieb der Schreiber: »Stimmt!«

»Und wie lange blieben Sie dann bei ihm?« fuhr Lauterer im Verhöre fort.

»Bis wir die nächste Haltestelle der Straßenbahn erreicht hatten.«

»Also nur ein paar Minuten noch?«

»Ein paar Minuten.«

»Was geschah dann?«

»Dann fuhr ich zu meinem Paten, um mir dort die dreihundert Kronen, die mir noch fehlten, zu leihen.«

»Waren Sie sicher, das Geld zu erhalten?«

»Nein. Mein Pate brauchte ja nur nicht zu Hause zu sein –«

Otto stockte.

Lauterer ergänzte den Satz, den alle Anwesenden gleicherweise zu Ende dachten, indem er sagte: »Dann hätte Ihr Bruder keinenfalls am nächsten Morgen seinen Fehlbetrag ersetzen können.«

»Ich wenigstens hätte niemanden mehr gewußt, an den ich mich hätte wenden können.«

»Wußte das Ihr Bruder?«

»Er wußte es.«

Der Schreiber ergänzte das Protokoll durch eine Bemerkung.

»Wann trafen Sie dann wieder zusammen?« fragte Lauterer weiter.

»Gegen neun Uhr – im Kaffeehause, wohin ich Fritz bestellt hatte.«

»Fiel Ihnen da nichts an ihm auf?«

»Nein.«

»War er nicht sehr aufgeregt?«

»Gewiß war er aufgeregt. Er hatte ja auch Ursache dazu.«

Lauterer biß sich auf die Lippen. »Ich meine, daß er noch aufgeregter war, als es der Fehlbetrag in seiner Kasse erforderte?« verbesserte er seine erste Frage nicht übermäßig glücklich.

»Herr Doktor,« sagte Otto, »ich kenne genug vom Inhalt unserer Strafprozeßordnung und weiß, daß ich nicht jede Frage zu beantworten brauche, die mir gestellt wird, denn unsere Gesetze sind menschlich. Aber ich werde trotzdem jede Frage, die in dieser Sache an mich gerichtet werden wird, von nun an nach bestem Wissen und Gewissen beantworten. Soll ich vor Fritz weiterreden?«

Lauterer drückte abermals auf die elektrische Klingel. Er ließ Fritz abführen. Dieser suchte umsonst im Gehen Ottos Augen. Nicht einmal einen Blick gönnte der ihm.

Als die Tür sich wieder geschlossen hatte, sagte Falk ernst: »Also, Herr Doktor, fragen Sie!«

Da stand der junge Beamte auf und bohrte seinen Blick förmlich in Ottos Augen. »Sie halten Ihren Stiefbruder an dem Raubmorde für schuldlos?« fragte er.

»Ja.«

»Es spricht bis jetzt aber nahezu alles gegen ihn: sein Charakter, die Tatsache, daß er sich vor öffentlicher Schande und Bestrafung sah, seine Anwesenheit an dem Tatorte zur Zeit der Tat und vor allem seine Flucht.«

»Ist die Furcht vor öffentlicher Schande und Bestrafung nicht genug Grund zu dieser Flucht? Ich hatte Fritz in die Lage versetzt, den Fehlbetrag rechtzeitig zu ersetzen; er aber verspielte die Hälfte des Geldes, und nun war ihm die Schande sicher. Er reist weg, nimmt auch seinen Revolver mit –«

»Tut sich doch nichts – und hat vielleicht nur gespielt, um sich zu betäuben, denn er war an jenem Abend ›unheimlich aufgeregt‹, wie mehrere Zeugen aussagen. Warum war er so aufgeregt, noch immer so aufgeregt, auch nachdem er sich schon durch Sie gerettet wußte?«

»Fritz ist ein sehr schwacher Charakter.«

»Ein Mensch ohne Ehrgefühl, ohne Gewissen. Er war nach seinen eigenen Worten erzürnt darüber, daß die Schubert nichts hergab. Liegt es da so fern, daran zu denken, daß er einen Teil der Zeit, über deren Verwendung er keine Rechenschaft geben kann, ihr zum Unheil verwendete? Der mutmaßliche Täter hat sein Äußeres und trug sich so, wie er sich trägt. Vor einer Stunde erst wurde Fritz Stegmann von zwei Zeuginnen als der Mann bezeichnet, den sie zur kritischen Zeit gesehen haben. Und Sie halten ihn trotzdem für unschuldig?«

»Ja, das tue ich. Und zwar tue ich das aus einem guten oder vielmehr aus einem schlechten Grunde. Fritz ist nämlich ein Feigling. Außerdem ist er blutscheu. Wenn er sich als Bube in den Finger schnitt, wurde ihm bis zur Ohnmacht übel, und – es ist noch kein Vierteljahr her, und ich war Augenzeuge des Geschehnisses – als er einmal dazu kam, wie bei argem Sturm eine Firmentafel im Herunterstürzen einen Mann blutig schlug, da zitterte er so, daß er kaum vom Flecke konnte. Und dieser Mensch soll einen blutigen Mord begangen haben, und danach noch imstande gewesen sein, die Habe der Ermordeten zu durchsuchen? – Nein, Herr Doktor, ich glaube nicht nur nicht daran, daß Fritz in dieser Art schuldig geworden ist, ich weiß vielmehr bestimmt, daß er solch eine Tat überhaupt nicht begehen kann. Ich brauche also nicht zu schweigen, ich brauche ihn nicht zu schonen; ich werde alles aussagen, was ich weiß.«

»Augenblicklich habe ich keine Frage mehr an Sie zu stellen,« sagte Lauterer.

Da erhob sich Falk und verneigte sich vor dem Beamten. Auch dem Schreiber nickte er kurz zu, und dann ging er zur Tür hinaus.

Als er verschwunden war, geschah etwas Sonderbares.

Der grauhaarige Schreiber stand auf, schlug Lauterer lächelnd auf die Schulter und setzte sich zu ihm. Er hatte die Brille abgelegt und unterhielt sich mit dem Doktor, als ob er seinesgleichen wäre. Der junge, elegante Mann hörte ihm sogar so achtungsvoll zu, als lausche er den Worten eines Vorgesetzten.

Nun, ein geistig Vorgesetzter war ihm in der Tat dieser ältliche Mann. Es war der frühere Detektiv Müller, der sich zwar schon längst zur Ruhe gesetzt hatte, aber der Lauterer stets gerne beisprang, wenn ihn dieser brauchte, oder vielmehr, wenn ihn ein bestimmter Fall interessierte.

Nun, der Fall Schubert interessierte ihn.

Lauterer hatte sogleich an Müller gedacht, denn er kam ja oft mit ihm zusammen. Eine Leidenschaft hatten sie nämlich beide – sie waren eifrige Philatelisten. Jeder kannte die Markenschätze des anderen, und sie machten oft gemeinschaftlich Jagd auf eine besondere Seltenheit.

Müller hatte übrigens noch einen ganz besonderen Grund, sich um den Fall Schubert zu kümmern. Er war nämlich der Freund des nun schon lange verstorbenen Schwagers, sowie auch ein Bekannter des Gatten der Ermordeten gewesen. Frau Schubert selbst hatte, seit sie wieder in Wien lebte, allerdings nur selten mit Müller verkehrt, obwohl er ganz nahe bei ihr in seinem eigenen kleinen Hause wohnte; aber der alte Hagestolz hatte sie und Anna nie aus den Augen verloren. Des Mädchens Tüchtigkeit tat seinem braven Herzen und ihre Anmut seinen schönheitsfrohen Augen wohl.

Er wußte auch, daß sie verlobt war, und freute sich mit ihr des Glückes, das sie in ihrer Liebe gefunden.

Als die schreckliche Tat geschah, war er verreist gewesen. Er war erst gestern wieder in Wien angekommen, hatte mit Anna noch gar nicht reden können und stellte sich nun sofort Lauterer zur Verfügung. Er hatte eben noch Zeit gehabt, das Protokoll zu durchfliegen, welches mit Fritz Stegmann aufgenommen worden war, dann war Otto Falk gemeldet worden.

Müller hatte die großen, altväterischen Augengläser vorgenommen und saß nun, solange Otto anwesend war, niedergebeugt an seinem Tische. Er war nämlich Anna und deren Bräutigam schon zweimal auf der Straße begegnet, und Anna hatte ihren Otto dem alten Herrn vorgestellt. Man hatte indessen immer nur ein paar Worte gewechselt, und Müller hatte also wenig Sorge, daß er von Falk erkannt werden würde. Er trug ja jetzt, wie immer im Winter, einen Bart und außerdem auch noch die sonst nie benützte, weil für seine scharfen Augen überflüssige Brille.

Otto hatte ihn denn auch in der Tat nicht erkannt, und so war es Müller möglich gewesen, ihn scharf zu beobachten.

Das Ergebnis dieser Beobachtung faßte er nun, Lauterer gegenübersitzend, in die paar Worte zusammen: »Der gefällt mir, das ist ein prächtiger Mensch, der paßt ganz zur Anna Lindner, denn auch die ist ein prächtiges Mädel.«

»Das hab' ich auch gefunden, sagte der junge Beamte lächelnd.

Müller stand auf. »Ich übernehme also den Fall,« sagte er lebhaft. »Schon deshalb übernehme ich ihn, weil ich möchte, daß Annas Heiratsgut; das, wie Sie mir mitteilten, auch verschwunden ist, wieder zum Vorschein kommt. Je schneller aber die Sache erledigt wird, desto wahrscheinlicher ist es, daß dieses Geld noch vorhanden ist.«

Lauterer hatte sich auch erhoben. Er zog ein Fach seines Schreibtisches auf. Die Hand auf den Rand legend, sagte er: »Ach habe Samstag nachmittag den Tatort in Augenschein genommen, aber nichts anderes gesunden, als was die erste Kommission schon zu Protokoll nahm. Natürlich war da der Leichnam schon in der Totenkammer.«

»Er befindet sich noch dort?«

»Ja. Hier ist das Uhranhängsel, das auch in den Zeitungen erwähnt wurde.«

»Ein niedliches Schmuckstück. Ist es echt?«

»Zweifellos.«

»Wo es gefunden wurde, erwähnen jedoch die Blätter nicht.«

»Es wurde den Zeitungen nicht bekannt gegeben. In der Faust der Toten wurde es gefunden.«

»Und die Öse ist abgerissen. Die arme Schubert hat also vermutlich mit ihrem Angreifer gerungen.«

»Es besteht fast kein Zweifel daran. Ihre Haltung und auch ihr Gesichtsausdruck sprechen ebenfalls dafür.«

»Sie ist doch photographiert worden?«

»Natürlich. Wo habe ich denn nur die Bilder? Sie sind bei Blitzlicht aufgenommen und sehr scharf geworden. – Ah, da sind sie ja! Sie sind noch nicht aufgezogen, deshalb legte ich sie in das Protokoll. Nehmen Sie das nicht mit?«

»Gewiß. Auch das andere. Aber erst nach Untersuchung der Wohnung werde ich Einsicht in diese Aufzeichnungen nehmen. Sie wissen ja schon, daß ich gern ganz unbefangen arbeite. Also – ich gehe jetzt.«

»Ich sehe Sie doch heute noch?«

»Wahrscheinlich. Wie lange sind Sie hier?«

»Ach bleibe bis in die Nacht da. Ich habe viel zu tun, und überdies möchte ich auch zur Stelle sein, falls Sie irgend etwas Wichtiges zu melden haben.«

»Adieu, lieber Doktor!«

»Adieu, Herr Müller!«

Zehntes Kapitel.

Es war fast elf Uhr geworden, als Müller vor der Wohnung der Schubert ankam. Auch heute war kein freundlicher Tag. Und das trübe Licht, das er spendete, schloß Müller noch sorgfältig von der Wohnung, in der jüngst so Schauerliches vorgegangen war, aus. Er zog in dem Zimmer, in dem die blutige Tat geschehen war, die Holzläden dicht zu.

Gleich darauf aber überstrahlte des alten Detektivs elektrische Lampe den ganzen Raum. Die niedrige Decke, die Wände samt allem, was sie umschlossen, waren von dem grellen Lichte beleuchtet. Die ungestrichenen Fichtenbretter, aus denen der Fußboden bestand, waren an drei Stellen mit Teppichen bedeckt. Ein solcher lag auch unter dem in der Mitte des ziemlich großen Zimmers stehenden Tische; ein dicker Vorleger befand sich beim Bette, und der dritte Teppich lag in der Fensternische. In dieser Nische standen ein Nähtisch und ein bequemer Sessel.

Müllers Blick blieb auf diesem Winkel haften. Er wußte es schon, daß dort die arme Frau ihr Leben ausgehaucht hatte.

Wie oft mochte sie an dieser gemütlichsten Stelle der ganzen Wohnung über das so schnell verschwundene Glück ihrer Ehe nachgedacht und dabei auf den hübschen kleinen Garten hinausgeblickt haben!

Jetzt bot der sonst so liebe Winkel einen unheimlichen Anblick.

Der Sessel lehnte halbumgestürzt an der einen Seitenwand der tiefen Nische, die Decke des Nähtischchens war heruntergerissen, auf dem Boden lag eine angefangene Näherei, und der helle Teppich, sowie ein Stück des Fußbodens wiesen große, braunrote Flecken auf. Unter dem Speisetisch aber lag ein Messer. Es war spitz und so blank, wie Werkzeuge zu sein pflegen, die man viel benützt.

Nur an seiner Spitze glänzte es nicht, da war es matt und so braunrot wie der Teppich und der Fußboden.

Müller warf auch einen Blick aus dem Fenster, von welchem er für einen Moment den Laden zurückschlug, und begriff, wie es auch die anderen begriffen hatten, warum der Angriff auf die alte Frau von niemandem im Hause hatte bemerkt werden können. Das Zimmer der Schubert befand sich am Ende des einen Seitenflügels, der um etwa zehn Meter länger war als der gegenüberliegende Teil des Hauses.

Nachdem der alte Detektiv den eigentlichsten Schauplatz des Verbrechens betrachtet hatte, untersuchte er die Fächer der zwei durchwühlten Schränke, welche man in dem Zustand gelassen hatte, in dem man sie gefunden. Es interessierte ihn nämlich, auch zu wissen, was dem Mörder der Schubert wertlos erschienen war. Nun, feine Wäsche, Kleidungsstücke, der bescheidene Putz der alten Frau hatten ihn augenscheinlich zum Mitnehmen nicht gereizt.

Wozu hatte er aber dann in diesen Fächern alles untereinandergeworfen? Hatte er angenommen, daß die Schubert zwischen ihrer Wäsche noch anderes, wertvolleres Gut aufbewahrte?

Wenn der Betreffende dies annahm, mußte er die Eigenheiten seines Opfers genau gekannt haben, denn zu deren Gewohnheiten hatte tatsächlich eine solche Heimlichtuerei gehört.

Nun, ohne Beute war der Mörder ja auch nicht entwichen. Er mußte in den durchwühlten Schränken nicht nur verschiedene Wertsachen, sondern auch Bargeld oder Wertpapiere im Betrage von mindestens viertausend Kronen gefunden und mitgenommen haben. Die alte Frau hatte so viel ihrer Nichte zugesagt, man mußte demnach annehmen, daß sie so viel Geld auch besessen hatte. Es war aber nirgends zu finden, ebenso hatte man keine Notiz gefunden, die gesagt hätte, wo etwa die alte Frau ihr Vermögen aufbewahrt habe.

Auch ihr silbernes Tafelgerät war verschwunden. Es war das Hochzeitsgeschenk gewesen, das ihr erster Herr, der Gutsbesitzer Hans Eck v. Pachern, ihr geschenkt hatte. Es war zuerst in einem Lederetui gewesen, doch dieses hatte Stockflecken bekommen, und sie hatte es daher weggetan und das Silberzeug in einem Sack aus Hirschleder aufbewahrt. Anna Lindner hatte darüber genaue Angaben gemacht.

Den Schmuck, den die alte Frau von ihren Dienstherrschaften erhalten, hatte die Untersuchungskommission wohlverwahrt in einem unansehnlichen Schrank gefunden, der hinter der Zimmertür stand.

Vielleicht war er aus diesem Grunde den Blicken des Mörders entgangen, denn Anna hatte ja ausgesagt, daß diese Tür bei ihrer Heimkunft weit offen gewesen war.

Von den fünf Schmucketuis trugen zwei Grazer Firmen, eines stammte von einem Paduaner Juwelier, und bezüglich der beiden letzten konnte man nicht ersehen, wo ihr Inhalt gekauft worden war. Die kleinen Schmuckstücke, die sie enthielten, waren ziemlich wertvoll, aber in Formen gehalten, die auf längstvergangene Jahrzehnte hindeuteten.

Die Vierblätter aber waren ein Motiv, welches die Juweliere erst seit kurzem verwendeten. Zudem war das bewußte Vierblatt mit Gewalt von irgend etwas, von einer Uhrkette, vielleicht auch von einer Halskette, abgerissen worden, und – man hatte es in der Faust der Ermordeten gefunden.

Es war kaum zu bezweifeln, daß sie es der Person entrissen hatte, die ihr den Tod gegeben. Müller wußte das alles schon, und er fand, so genau er auch nachforschte, nichts Neues.

Er verließ etwas unbefriedigt die Wohnung, versperrte sie und machte sich jetzt daran, den Hof und den Garten zu untersuchen.

Es zeigten sich wohl da und dort an den Fenstern die Gesichter Neugieriger; aber sonst wurde Müller nicht belästigt.

Der Täter hatte an jenem Abend bis acht Uhr das Haus nicht verlassen, denn wäre er während dieser Zeit durch den Flur gegangen, so hätte ihn das Liebespaar, das dort plauderte, bemerken müssen. Er hatte sich also bis dahin im Gärtchen aufgehalten, denn der Hof bot keinerlei Versteck.

Müller durchsuchte das Gärtchen mit peinlicher Gewissenhaftigkeit. Es war immerhin möglich, hier noch eine Spur zu finden. Aber er fand nichts.

Als er Garten und Haus verließ, war er etwas ärgerlich und brummte über den Schnee, der vom Himmel herabzufallen begann.

Sein Weg führte ihn jetzt nach dem allgemeinen Krankenhause. Dort besichtigte er die Tote. Was der Polizeiarzt Herbig schon gesagt, daß die Schubert zuerst gewürgt und dann gestochen worden sei, worauf sie an Verblutung durch die verletzte Schlagader starb, das bestätigte auch der Spitalarzt.

Müller untersuchte die Hände der Leiche mit seiner scharfen Lupe. Da bemerkte er, daß auf dem Ballen der rechten inneren Handfläche der Toten einige bläuliche Spuren waren.

Zwei Reihen kurzer, schlangenartig gewundener Linien zeigten sich da. Sie sahen etwa wie winzige Fragezeichen aus. Sogar der Punkt unter jeder der gewundenen Linien fehlte nicht.

»Aha!« sagte Müller vor sich hin. »Eines ist jetzt wenigstens sicher. Es war ein Mann.«

Nun ging er nach der Kärntnerstraße und stellte sich der Schneiderin vor, bei welcher Anna, die seit heute wieder ihre Arbeit ausgenommen hatte, beschäftigt war. Sie saß schon an ihrem Platz, war soeben vom Mittagessen zurückgekommen. Müller bat die Arbeitgeberin, Fräulein Lindner mit ihm weggehen zu lassen, er sei ein alter Bekannter und müsse in wichtiger Angelegenheit mit Anna reden. Es wurde gerne gewährt.

Anna und Müller begaben sich nun in eines der feinen und gemütlichen Gasthäuser der inneren Stadt, in denen es so hübsche, gemütliche Winkel gibt.

Der alte Detektiv, der hier offenbar gut bekannt war, bestellte einige Delikatessen und eine Flasche Donauperle. Dann half er der noch immer ganz verträumt dastehenden Anna aus ihrem Wintermantel und wies ihr das behaglichste Plätzchen an dem Tische an.

»So, liebes Kind,« sagte er väterlich, »jetzt wollen wir hier erst ein bißl warm werden, und dann müssen Sie mir verschiedene Fragen beantworten.«

Nach einer Weile begann er. »Wo wohnen Sie denn jetzt?«

»Eine Freundin hat mich aufgenommen.«

»Das haben Sie nicht notwendig, bin ich doch ein alter Freund der Lindners. Kommen Sie also zu mir, Anna. Sie kennen ja meine Wirtschafterin. Sie ist eine gutmütige, brave Frau, und das

Zimmer neben dem ihrigen ist ganz frei. Sie werden sich da wohlfühlen und haben abends eine Ansprache und auch Gelegenheit, Ihren Verlobten bei sich zu sehen. Das Herumlaufen in Wind und Wetter tut euch beiden nicht gut, da sitzt sich's weit behaglicher in einem warmen Zimmer, und ich weiß dann doch wenigstens, daß meines alten Freundes Tochter gut aufgehoben ist.«

»Aber Herr Müller!«

Mehr konnte Anna, der die Tränen über das Gesicht perlten, nicht sagen.

Der alte Detektiv reichte ihr die Hand hin und sagte: »Schlagen Sie ein, Kinderl. Ziehen Sie heute noch zu mir.«

»Wie gern – wie gern!« schluchzte Anna, ihre Hand in die seinige legend.

Zn diesem Augenblick brachte der Kellner den Wein. Müller schenkte ein und sagte: »So, Annerl – und jetzt trotz allem – prosit!«

Als Anna getrunken hatte, beugte sie sich plötzlich ganz nahe an Müllers Ohr. »Heute ist mir noch etwas eingefallen.«

Müller zündete sich eine Trabuco an, und dann sagte er behaglich: »Also, was ist Ihnen denn heute eingefallen?«

»Daß das Vierblatt doch vielleicht der Tante gehört hat.«

»So?«

»Sie hat nämlich vor ein paar Wochen, gerade einen Tag vor ihrem Namenstag –«

»Also am 14. Oktober,« schaltete Müller, der in solchen Dingen sehr genau war, ein.

»Also am 14. Oktober einen Besuch bekommen. Die Baronesse Simonetta und ihre Tante, die Gräfin Vivaldi, waren damals in Wien.«

»Baronesse Simonetta ist, soviel ich weiß, die Tochter des Generals, bei dem Frau Schubert so lange Wirtschafterin war?«

»Ja, die Tochter vom General Labriola di Malfettani. Die Damen waren für mehrere Tage nach Wien gekommen, um noch allerhand einzukaufen, das die Baronesse zu ihrer Ausstattung braucht. Sie wird nämlich Anfang Januar heiraten. Die Damen haben meine Tante sehr gern gehabt. Sie hat ja die Baronesse von klein auf gekannt, und als die Gräfin Vivaldi als Witwe ins Haus des Generals gekommen ist, war Tante Therese fast immer um die kränkliche Dame herum. Ich war damals nicht zu Hause und habe sie erst am Theresientag in der Oper gesehen. Sie haben nämlich eine Loge genommen und haben die Tante und auch mich eingeladen, ins Theater zu kommen. Sie waren auch zu mir sehr freundlich. Die Baronesse hat mir ein Armband gezeigt, das sie sich gekauft hatte, und wie ich ihr erzählte, daß ich auch Braut sei, hat sie mir gleich ein Hochzeitsgeschenk versprochen. Ich hab' ihr sagen müssen, was mich am meisten freut. Ich hab' um ein Stück Leinwand gebeten. Darüber hat sie sich sehr gewundert. Sie hat mir Seide für eine Toilette kaufen wollen. Das hab' ich ihr aber ausgeredet. Ich bitt' Sie, Herr Müller, was tät' denn ich mit einem Seidenkleid! Diese reichen Leut' haben halt keine Idee, was unsereins braucht, und was uns notwendig ist. Die Baronesse ist also sehr freigebig. Ist es da nicht möglich, daß sie das Kleeblatt der Tante Therese als Namenstaggeschenk gegeben hat?«

»Das wäre schon möglich.«

»Aber Sie glauben nicht daran?«

»Ich glaube nicht daran.«

»Warum nicht?«

»Meinen Sie, daß Ihre Tante das Kleeblatt gerade in der Minute, in der sie überfallen wurde, in der Hand gehabt hat?«

»Das ist allerdings nicht wahrscheinlich.«

»Und warum wäre denn die Öse ausgerissen?«

»Richtig!«

»Sagen Sie mir, hat Ihre Tante eine Kette gehabt, die aus ganz kurzen, geschwungenen Gliederchen bestand, zwischen denen Kügelchen eingefügt waren?«

»Davon weiß ich nichts.«

»Nun, jedenfalls werde ich telegraphisch bei der Baronesse anfragen lassen, ob sie der Frau Schubert ein Kleeblatt geschenkt hat.«

»Sie werden bei der Baronesse anfragen lassen?«

»Durch die Polizei natürlich. Ich habe nämlich den Fall übernommen.«

»Sie? Gott sei Dank! Aber ich hätte es mir ja gleich denken können.«

»Ja, das hätten Sie sich denken können. Bin ich doch Ihr alter Bekannter, und es tut mir auch um Ihre Tante leid, leid tut mir's auch um die viertausend Kronen, die sie Ihnen versprochen und die der Schuft mitgenommen hat. Jetzt aber habe ich noch allerlei zu fragen.«

Und er fragte und fragte, und Anna antwortete.

Aber Müller erfuhr dabei nichts Neues.

Es war etwa vier Uhr, als sie das Gasthaus verließen. Es schneite noch immer.

Anna ging mit dem frohen Bewußtsein ins Geschäft, daß sie wieder eine Heimat hatte. Müller aber fuhr zu Lauterer, und der telegraphierte nach Graz an die Baronesse Labriola.

Während man auf die Antwort wartete, studierte Müller die beiden Protokolle und die drei Aufnahmen, welche man von dem unglücklichen Opfer dieser immer noch so rätselhaften Tat gemacht hatte.

Es war schon fast zehn Uhr, als die Antwort ankam.

Das Telegramm lautete: »Habe Frau Schubert niemals ein Kleeblatt geschenkt. Am 14. Oktober gab ich ihr eine Staatsrente zu zweihundert Kronen.

Simonetta Labriola.«

Elftes Kapitel.

Das Gut Pachern, schon seit Hunderten von Jahren der Familie v. Eck gehörig, liegt nördlich von Graz, noch eine gute Gehstunde über Bruck hinaus, in einem windgeschützten, überaus freundlichen Tale. Einst hatten noch ein Eisenhammer und ein Sensenwerk, eine Mühle und ein Kalkofen dazu gehört, denn die Ecks des achtzehnten Jahrhunderts zählten zu dem steirischen Eisenadel; ihre Nachkommen hatten sich jedoch immer mehr nach Graz und nach Wien gezogen gefühlt, waren Offiziere geworden oder saßen auf bevorzugten Stellen in den kaiserlichen Kanzleien. Sie sahen ihr Stammhaus nur, wenn ihre Frauen dort die schöne Jahreszeit verlebten, oder sie selbst zu den herbstlichen Jagden dahin kamen.

Die Eck v. Pachern waren niemals eine vielköpfige Familie gewesen, und in den fünfziger Jahren des vergangenen Jahrhunderts war das alte Geschlecht nahe daran gewesen, gänzlich auszusterben, denn damals lebte nur noch ein einziges Ehepaar dieses Namens, Hans Eck v. Pachern und seine Gemahlin Bianka, die, einer venezianischen Adelsfamilie entsprossen, von Eck als Gemahlin erwählt worden war, während er in dem damals österreichischen Venedig als Hauptmann in Garnison gelegen hatte.

Das Heiratsgut der schönen Venezianerin und der Rest des großen Vermögens, das einst die Eck besessen, genügten, daß Hans v. Eck mit seiner zarten Frau ein beschauliches Landleben führen konnte. Er hatte sich pensionieren lassen und sich nach Pachern zurückgezogen.

Dort war es sehr still und ruhig geworden, denn die industriellen Unternehmungen, die einst dazu gehörten, hatten schon sein Großvater und sein Vater abgestoßen. Hans v. Pachern hatte indessen immer noch genug zu tun mit der Bewirtschaftung seines umfangreichen Grundbesitzes und der Instandhaltung seiner Forsten. Das Ehepaar lebte in dem behaglichen, schloßartigen Hause, in dessen schöner Umgebung Frau Bianka bald das Heimweh nach ihrer Vaterstadt überwand.

Nur die stille Sehnsucht, ein Kind zu haben, Mutter eines Sohnes, der das alte Geschlecht erhalten konnte, zu werden, vermochte sie nicht niederzuzwingen.

Doch die Jahre vergingen, und das Paar war bereits vierzehn Jahre verheiratet, als endlich das Ereignis eintrat, nach welchem es sich so sehr gesehnt hatte. Frau Bianka durfte Mutterfreuden erwarten.

Groß war das Glück, doch auch manche heimliche Sorge war damit verknüpft, namentlich für den künftigen Vater. Hans v. Eck liebte seine schöne Gattin sehr, und sein Glück war deshalb immer ein zitterndes gewesen, denn Bianka war so außerordentlich zart, daß die geringste Störung, die in ihr Leben kam, jedesmal auch eine Störung ihrer Gesundheit bedeutete.

Doktor Reisner aus Bruck war zum fast täglichen Besucher in Pachern geworden. Er war schon alt und bequem, kam aber doch sehr gern nach dem Schlosse, dessen Besitzer seine Freunde geworden waren. War er doch nicht oft in seinem Leben so herzenswarmen Menschen begegnet.

Und weil er sie so liebgewonnen, erschrak er, als er erfuhr, daß Frau v. Eck Mutter werden sollte. Bianka war sehr zart, war schon fünfunddreißig Jahre alt – wie würde sie das kommende Ereignis überstehen?

Die Befürchtungen erwiesen sich denn auch nicht als grundlos. Sie gebar ein totes Kind, und sie selbst war so entkräftet, daß sie nicht einmal mehr um ihr Leben rang.

Einmal nur, etwa eine Stunde, nachdem das Kind zur Welt gekommen war, hatte sie gemurmelt: »Wo – wo ist es?«

Da hatte ihr der alte Doktor gesagt, daß das Kindlein soeben gebadet werde.

Die Kranke hatte ihn mit Augen angesehen, aus denen ebenso sehr Angst wie Zweifel schauten, dann war sie wieder in Bewußtlosigkeit versunken.

Die beiden Herren hatten eine kurze Unterredung, dann wurde eiligst der Wagen des Doktors wieder bespannt, und er und eine junge Dienerin, Therese Pichler hieß sie, fuhren nach Bruck und von da mit der Eisenbahn weiter nach Graz.

Inzwischen versah die Krankenschwester allein das Amt bei der fast bewußtlosen Kranken. Diese hatte seither nicht mehr danach verlangt, ihr Kind zu sehen, und wenn ihr Mann an ihrem Lager kniete und ihre feuchte Hand küßte oder die Stirn darauf und den Mund auf die Federdecke preßte, um nicht laut aufschreien zu müssen vor übergroßem Leid, da konnte sie eben noch die bleichen Lippen zu einem liebevollen Lächeln verziehen.

Gegen Abend schickte Herr v. Eck seinen Kammerdiener mit dem großen, bequemen Landauer nach Bruck, sah dem Abfahren des Wagens zu und wich von dieser Zeit an nicht mehr vom Fenster seines Arbeitszimmers. Etwa dreißig Minuten brauchte der Wagen zur Bahn, und fast genau nach einer Stunde kam er wieder zurück. Es war längst finster geworden. Man schrieb ja den 21. Dezember. Weil aber Schnee lag, konnten Ecks scharfe Augen das dunkle Gefährt doch schon von weitem erkennen.

Und seltsam – der Anblick des herankommenden Wagens warf den starken Mann nieder. Laut aufstöhnend fiel er auf die Kniee und preßte die Stirn an die kühle Fläche der Fensterverkleidung. »So – so also schaut mein Vaterglück aus!« murmelte er vor sich hin.

Eine Stunde später saß er am Lager seiner Gattin. Sie lag ganz teilnahmlos da.

Er ergriff ihre Hand, sah ihr in die müden Augen und fragte zärtlich: »Willst du denn unseren Sohn nicht sehen?«

Da tat sie die Augen weit, ganz weit auf, und über ihr bleiches Gesicht flog ein rosiger Schimmer. »Unser Sohn – unser Sohn!« flüsterte sie, und ihr liebes Gesicht verklärte sich, und Tränen des Glückes liefen über ihre Wangen, und sie erhob die Arme, die bislang wie gelähmt gewesen, und bat: »O Hans, gib mir meinen Sohn!«

Da legten sie ihr ein ganz ungewöhnlich kräftig schreiendes, in Spitzen gehülltes Kind in die Arme.

Jetzt erst genoß die bleiche Frau ihr volles Mutterglück, und als Reisner sagte: »Gnädigste haben ihm fast Ihre ganze Kraft mitgegeben. Jetzt heißt es für Sie dazuschauen, sie wiederzugewinnen,« da lächelte Frau v. Eck stolz und selig.

Sechs Tage später drückte ihr ihr Mann die Augen zu. Die fromme Täuschung, die er dem Arzt in Vorschlag gebracht, war gelungen. Er hatte die letzten Tage seines heißgeliebten Weibes zu seligen gemacht.

Nachdem er Bianka begraben, fuhr er mit Doktor Reisner nach Graz zum Bezirksgericht. Etwa vierzehn Tage später hatte Hans v. Eck das Kind, welches das letzte Glück seines Weibes gewesen war, in aller Form adoptiert, und es wurde auf den Namen Alfons Joseph v. Eck getauft. Alfonso hatte der Vater Biankas geheißen, und des Kindes wirkliche Mutter, eine ungewöhnlich schöne und auch brave und tüchtige Frau, hieß Josepha Meyer. Daher die beiden Rufnamen, die man dem Kinde gab.

Er wuchs unter der treuen Therese Pflege und Aufsicht zu einem schönen, kräftigen Buben von großer Intelligenz, aber allerdings auch recht wildem Temperament heran.

Als Therese Pichler, die bei einem Besuch ihrer Verwandten in Wien ihren späteren Mann kennen lernte, heiratete, war Alfons bereits zehn Jahre alt und soeben aus der Führung seines Hauslehrers in die eines Militärinstituts übergegangen.

Therese Schubert, wie die einstige Dienerin auf Schloß Pachern als Frau hieß, hatte ein gutes Andenken bei ihrem Herrn hinterlassen. Er interessierte sich noch weiter für diese treffliche Dienerin, welche die schwersten Zeiten in seinem Hause miterlebt und sich stets als tüchtig und treu erwiesen hatte. Gern empfahl er sie daher, nachdem sie Witwe geworden war, einem ehemaligen Waffengefährten, dem General Labriola di Malfettani, der, wiewohl er ein Triestiner war und eine Italienerin zur Frau hatte, sich in der gemütlichen Pensionistenstadt Graz dauernd niedergelassen hatte. Bei diesem war sie mehrere Jahre geblieben, bis sie sich nach Ruhe sehnte, nach Wien zog und dort ihre Nichte Anna zu sich nahm.

Nur einmal noch wurde sie in ihrer Ruhe gestört. Herr v. Eck war schwer erkrankt, und er wollte seine alte Therese in seinen letzten Tagen um sich haben. Natürlich folgte sie sofort seinem Ruf. Es waren wirklich seine letzten Tage. Etwa zwei Wochen war sie auf Pachern, da starb Herr v. Eck.

Sein Sohn Alfons und sie waren die einzigen ihm wirklich Nahestehenden, die seinem Sarge folgten. Alfons stand damals im dreißigsten Lebensjahr. Auch er war Offizier, trat aber auf Wunsch seines sterbenden Vaters nach dessen Tode aus und bewirtschaftete sein Erbe. Er verkehrte mit nur wenigen Menschen. Seine Nachbarn aus den Gewerken, die einst Ecksches Eigentum gewesen, sagten ihm nicht zu, und so beschränkte er sich auf etliche Grazer Familien, mit denen er schon von früher her bekannt war.

Zu diesen gehörte auch General Labriola, der ein ziemlich geselliges Haus führte. Labriola, schon seit langem Witwer, hatte seine Schwägerin bei sich, sein einziges Kind, die Baronesse Simonetta, befand sich in einem Schweizer Pensionat. Trotzdem der General ein strenger und etwas steifer Herr, seine Schwägerin Gräfin Vivaldi eine stille, kränkelnde Dame war, hatten sie immer viel Besuch in ihrer herrlich gelegenen Villa Romana, denn die Gräfin verstand es, trotz ihrer Kränklichkeit eine gewisse frohe Stimmung um sich zu verbreiten, und Labriola ließ im Salon von seiner allzu großen militärischen Strammheit nichts merken, da war er nichts als der liebenswürdige Hausherr, der es an nichts fehlen ließ, um sein Heim seinen Gästen angenehm zu machen.

Schon Hans v. Eck hatte sich im Hause des einstigen Kameraden recht wohl befunden, wiewohl er niemals zu diesen Intimen gehört hatte, Alfons aber konnte sich bald zu diesen rechnen. Er wurde Labriolas Partner beim Schachspiel und fehlte fast bei keinem der Empfänge, die monatlich in der Villa Romana stattfanden.

Es war kein Wunder, daß Alfons auch bald der erklärte Liebling der Gräfin geworden war, der er stets die zartesten Aufmerksamkeiten erwies. Überdies war er ein blendend schöner Mensch mit bezaubernden Umgangsformen.

Simonetta kam als siebzehnjähriges Mädchen wieder in ihr Vaterhaus. Natürlich war dies für Alfons kein Grund, diesem jetzt fernzubleiben. Er kam sogar noch öfter als sonst, und die jungen Leute kannten sich kaum vier Wochen, da waren sie schon Brautleute.

Selbstverständlich war von nun an die reizende Braut der Mittelpunkt des Hauses, aber sie machte sich diesen Umstand niemals in unfeiner Weise zunutze. Sie hatte ja ein gutes Herz.

Nicht einmal der Hausarzt, Doktor Malten, mit dem sie in ewiger Fehde lebte, zweifelte daran. Nur wenn sie in dem ihr anerzogenen Hochmut über die bürgerlichen Frauen scharf urteilte, wies er sie kühl zurück. Überhaupt gebrauchte er ihr gegenüber oft die Redensart: »Davon verstehen Sie nichts,« und der Titel »Baronesse« den er dieser keineswegs verbindlichen Redewendung folgen ließ, klang mehr ironisch als achtungsvoll.

Ernstlich böse aber wurde er nur einmal auf Simonetta, als sie, umgeben von einem Kreis ähnlich gesinnter aristokratischer Freundinnen, über die Reizlosigkeit der arbeitenden Frauen gespöttelt hatte.

Da war er scharf aufgefahren, und diesmal gebrauchte er jene ungalante Redewendung im Plural. »Darüber sollten die Damen überhaupt nicht reden,« sagte er kalt, »denn von diesem Kapitel des menschlichen Lebens verstehen Sie alle miteinander nichts.«

Man schwieg empört, beschämt oder erheitert, je nachdem man Malten unterschätzte, hochachtete oder für ein Original hielt.

Simonetta schwieg aus Empörung.

»Ich muß mich nämlich der arbeitenden Frauen annehmen,« setzte Malten seinen ersten Worten hinzu, »und ich tue es aus warmem Herzen, denn eine von diesen Frauen ist meine Mutter, die vornehmst empfindende Frau, die ich kenne. Sie war vor ihrer Verehelichung eine Maschinennäherin.«

Die jungen Damen, von denen einigen Malten, der schon sehr gesuchte Arzt, nicht uninteressant vorkam, suchten ihm durch Liebenswürdigkeiten zu beweisen, daß sie ihn begreifen konnten, und Dora v. Criric, die Tochter eines pensionierten Obersten, die auch für originell galt, sagte in ihrer flotten Art: »Recht hat er, der Doktor. Davon verstehen wir nichts. Wir verstehen überhaupt nichts, als uns zu unterhalten und uns zu pflegen, und trotzdem sind wir gerade auch keine Schönheitsgalerie.«

Simonetta aber war böse über ihn, und der Doktor erst recht über sie.

Nach und nach lernten sie einander freilich besser kennen, und wenn sie sich auch stritten, so tat nur die Baronesse es zuweilen ernstlich ärgerlich, er nur noch mit Humor, denn er hatte Blicke in ihre Seele getan und wußte nun schon, daß diese im Grunde gut und edel war.

Seit sie sich mit Eck verlobt hatte, war er zuweilen recht nachdenklich geworden.

Gräfin Vivaldi merkte das, und Malten tat ihr leid. Sie war seither nur noch gütiger gegen ihn.

Zwölftes Kapitel

Wieder einmal hatten sich eine Menge Besucher in der Villa Romana eingefunden.

Auch Malten und Alfons waren da.

Eine Dame, die die Schubert auch gekannt hatte, wie man eben die Dienstleute seiner Bekannten kennt, hatte das Gespräch auf das schreckliche Ende der alten Frau gebracht.

Da erwähnte Simonetta der telegraphischen Anfrage, welche die Wiener Polizei an sie gerichtet hatte, und man besprach alsdann den Fund des Vierblattes, den auch die Zeitungen flüchtig erwähnt hatten. Eine der Damen bemerkte, daß das Tragen von Vierblättern modern und deshalb sehr verbreitet sei, und auf diese Bemerkung hin begann unwillkürlich eine Musterung der von den Anwesenden getragenen Schmuckgegenstände. Tatsächlich trugen verschiedene der Herren und Damen Vierblätter.

Der Gesang einer Dame, die der General zum Klavier geführt hatte, unterbrach das Gespräch. Später redete man dann von den herrlichen alten Spitzen, welche Paduaner Verwandte der jungen Braut geschickt hatten.

Simonetta holte sie herbei, und sie wurden rückhaltlos bewundert.

»Es ist zum Glück allzeit modern, alte Spitzen zu tragen,« bemerkte eine der Damen. Es hieß, daß sie nicht immer mit der Mode gehen konnte, da es ihre Mittel nicht erlaubten. In der Tat war ihr Ton ein wenig säuerlich.

Simonetta schaute verlegen auf die Neidische, was Alfons bemerkte und zu der Bemerkung veranlaßte: »Jedenfalls ist es eine Mode, die sich nicht viele gönnen können.«

»Ist dir's nicht recht, daß ich gern modern bin?« fragte Simonetta etwas spitz. »Du bist es ja selbst, wie dies hier beweist.«

Sie wies auf das Vierblatt an seiner Uhrkette.

»Und ich, Baronesse,« sagte Doktor Malten, auf sein ebenfalls ein Vierblatt darstellendes Berlocke deutend, »fühle mich da wenigstens auch einmal nicht rückständig.«

Dann wurde von etwas anderem geredet, auch vom Rodeln, und die jüngeren Herrschaften bestürmten den Bräutigam, auf seinem Gute eine Rodelbahn herzustellen.

Er schaute fragend seine Braut an, und diese klatschte in die Hände und rief vergnügt: »Das war schon lange meine Idee. Die Bahn ist bereits hergerichtet. Morgen komme ich mit der Tante nach Pachern, um sie anzusehen.«

»Und wann darf ich das Vergnügen haben, Sie alle bei nur zu begrüßen?« erkundigte sich Alfons. »Am Montag,« schlug eine der jungen Damen vor. »Da habe ich keine Klavierstunde.«

»Sie kommen doch auch mit, Doktor?« wandte sich die Baronesse an Malten.

»Gern, wenn ich an dem betreffenden Tage abkommen kann.«

»Sie werden sich eben freimachen und damit basta!«

»Also werde ich mich eben freimachen und damit basta!« wiederholte lächelnd der Doktor. »Und wenn ich keine Vertretung bekomme, dann soll die Patienten einfach der Kuckuck holen, das Vergnügen geht selbstverständlich über alles.«

Simonetta war rot geworden. »Sie sind abscheulich wie immer,« sagte sie schmollend. »Aber diesmal haben Sie ausnahmsweise recht. Weil Sie aber dabei sein müssen –«

»Muß ich wirklich?«

»Sie müssen wirklich! Und deshalb wird man sich eben nach Ihnen richten.«

»Das kann ich nicht gut annehmen.«

»Gut oder nicht gut – Sie werden es eben annehmen! Ich mag mich nicht umsonst gefreut haben auf diese Rodelfahrt.«

Das war ein wenig sonderbar geredet für eine Braut, deren Verlobter ja jedenfalls bei dieser Fahrt anwesend sein würde. Simonetta wurde sich dieser Absonderlichkeit auch bewußt, denn helle Röte schlug ihr ins Gesicht.

Eck preßte einen Augenblick lang die Lippen fest aufeinander, aber er mußte viel Selbstbeherrschung besitzen. Rasch reichte er dem Arzt die Hand und sagte liebenswürdig: »Natürlich, lieber Doktor, wird man sich nach Ihnen richten. Sie müssen unbedingt mitkommen. Ich weiß ja, daß Sie ein Meisterrodler sind. Sie werden es also Simonetta wissen lassen, an welchem Tag Sie frei sind, und ich werde dann mitteilen, wann ich die Herrschasten in Pachern erwarte.«

»Also – ich nehme diese Liebenswürdigkeit an,« erwiderte Malten. »Jetzt aber empfehle ich mich – meine Patienten warten.«

Im Vorzimmer kam Simonetta ihm entgegen. »Sie fahren morgen nach Leoben?« fragte sie.

»Soll ich Ihnen vielleicht etwas mitbringen? Einen schönen Bergknappen zum Beispiel?« scherzte er.

Aber sie verzog kaum den Mund zu einem Lächeln und sagte dann etwas, das zu ihrer Frage ganz bestimmt nicht in Beziehung stehen konnte. »Gestern habe ich der Anna Lindner geschrieben. Das arme Mädchen braucht jetzt Entgegenkommen.«

»Wer ist Anna Lindner? Ach so, die Nichte der Schubert?«

»Ja. Sie ist ein reizendes Mädchen und eine sehr tüchtige – Arbeiterin.«

Simonettas Gesicht war plötzlich tiefrot. Sie drückte eilig des Doktors Hand und war gleich daraus verschwunden.

Während Malten die Treppe hinunterschritt, lächelte er eigentümlich vor sich hin, und dieses Lächeln begleitete ihn bis nach Hause.

Nach Leoben sollte er übrigens am nächsten Tage nicht kommen. Schon zeitig am Morgen holte ihn ein armes Weib zu ihrem erkrankten Kinde. Das hielt ihn so lange auf, daß er den Zug versäumte. –

Malten bewohnte mit seiner Mutter ein nettes kleines Haus an der Grenze der Stadt. Das Haus und der hübsche Garten, in welchem es stand, waren Frau Maltens Paradies, das ihr Sohn ihr geschaffen hatte, dieser kluge, brave Mensch, den alle, die ihn kannten, achteten, und den sie selbst liebte, wie nur eine Mutter ihr Kind lieben kann.

Gegen elf Uhr klingelte es. Frau Malten streute gerade Futter für die Vögel. Eine elegante junge Dame stand an der Tür des Gartengitters.

»Sie wollen wohl zu Doktor Malten?« fragte auf sie zutretend die alte Frau und öffnete die Tür.

Die junge Dame war sehr rot im Gesicht, als sie eifrig entgegnete: »Nein, nicht zum Herrn Doktor will ich, sondern zu Frau Malten. Ich glaube, ich bin schon bei ihr.«

»Ich bin Frau Malten.«

»Wollen Sie mich einen Augenblick eintreten lassen?«

»Gewiß, liebes Fräulein. Womit kann ich dienen?«

Frau Malten führte die Besucherin in eine gut bürgerliche Stube. Die gediegenen Möbel wiesen sämtlich den besten Stil auf. Beim Fenster zwitscherte ein Kanarienvogel zwischen Pflanzen, wie sie jeder, der will, im Zimmer ziehen kann, und ein Schrank, auf dem eine alte Säulenuhr stand, war mit einer mühsam gehäkelten, schneeweißen Decke belegt. Von Überflüssigkeiten war nirgends eine Spur, dafür aber war alles sehr behaglich.

Die junge Dame machte sich keine Gedanken weiter darüber, aber sie fühlte es sofort, als sie in die angenehm durchwärmte Stube trat und gleich darauf Frau Malten gegenübersaß.

»Also, womit kann ich dienen?« fragte diese. »Und wer sind Sie, liebes Fräulein?«

Wieder vertiefte sich die Röte in dem frischen und vom Wind gefärbten Gesichte der jungen Dame, aber weltgewandt sagte sie: »Frau Malten, nehmen Sie an, daß ich zu einem Wohltätigkeitsverein gehöre.«

»Gut.«

»Deshalb tut mein Name nichts zur Sache.«

»Der bloße Name tut niemals etwas zur Sache.«

»Dieser Meinung sind Sie? Und – wenn es nun zum Beispiel ein berühmter Name wäre?«

»Nur der darf stolz auf solch einen Namen sein, der ihn berühmt gemacht hat. Aber darüber zu reden sind Sie wohl nicht hierher gekommen?«

»Nein,« sagte die junge Dame. Dann fuhr sie lebhaft fort: »Mein Verein möchte eine Summe in Hände legen, die es an wirklich würdige Arme zu verteilen verstehen.«

»Welche Arme hält Ihr Verein einer Berücksichtigung für wirklich würdig? Meiner Meinung nach sollte, soweit dies eben möglich ist, von jedem Armen Kälte und Hunger ferngehalten werden.«

»Wir werden uns Ihrer Meinung gern unterwerfen. Wir wollten Sie bitten, dieses Geld in erster Linie unter solche Frauen zu verteilen, die viel arbeiten müssen, sich nichts gönnen und vor allem sich nicht schonen können.«

Dabei legte sie ein rotes Beutelchen, durch dessen Maschen Gold blitzte, vor Frau Malten hin.

Diese neigte sich freundlich dem jungen Mädchen entgegen. »Wie komme ich zu diesem Vertrauen?« fragte sie.

Es war etwas wie Begeisterung in den klaren Augen, die sich auf Frau Malten richteten, während die jungen Lippen sagten: »Sie sind doch Doktor Maltens Mutter!«

In die Augen der alten Frau schossen Tränen, und unwillkürlich falteten sich ihre Hände. »Ja,« sagte sie bewegt, »ich bin seine Mutter, und das ist mein Glück und mein Stolz, denn mein Uli ist ein guter, ein sehr guter Mensch. Ich wollte, es wüßten es alle und namentlich aber eine, wie gut er ist, trotz der Kühle, die er zuweilen zur Schau trägt.«

»Eine? Was wollen Sie damit sagen? Liebt Ihr Sohn – unglücklich?«

Weit vorgebeugt saß die Besucherin da und schaute der alten Frau aufmerksam in die Augen, und als diese nicht sogleich antwortete, setzte sie rasch hinzu: »Sie müssen nämlich wissen, ich bin Braut, da interessieren mich solche Sachen sehr.«

Da antwortete die alte Frau. Sie tat es, indem sie sich erhob und damit zu verstehen gab, daß die Unterredung zu Ende sei. »Mein liebes Fräulein,« sagte sie, »solche Geschichten erzählt man, selbst wenn man sie genau wüßte, nicht jedermann. Entschuldigen Sie mich jetzt – ich habe zu tun. Übrigens danke ich noch einmal für das Vertrauen, das Ihr Verein in mich setzt. Wohin soll ich die Mitteilung über die Verwendung des Geldes schicken?«

»Oh, wir wollen gar nichts davon wissen. Und, Frau Malten, ich war taktlos – verzeihen Sie mir.«

»Sie sind jung und lebhaft. Da braucht es keiner Verzeihung,« entgegnete die alte Frau freundlicher und geleitete das junge Mädchen hinaus.

Oben stand Doktor Malten am Fenster und schaute nachdenklich in die Weite. So pflegte er immer zu tun, wenn eine Idee ihn ausschließlich beschäftigte.

Da hörte er unten die Tür gehen. Eine junge Dame lief durch den Vorgarten. Natürlich wußte Malten nach dem ersten Blick, wer da so eilig davonlief. Er dachte zuerst, daß in der Villa Romana jemand seiner bedürfe, aber da hätte wohl ein Diener ihn geholt – und nicht Simonetta. Was hatte sie nur gewollt?

Doktor Malten lief eilig zur Tür. Dort aber machte er plötzlich halt und sagte laut: »Mir scheint, ich bin ein Esel!« Dann tat er aber doch die Tür auf und ging langsam hinunter.

Auf dem Treppenabsatz kam ihm schon seine Mutter entgegen. »Denk dir,« rief sie ihm zu, »soeben hat mir eine junge Dame, die sich nicht nennen wollte, im Namen ihres Vereins eine Menge Geld gebracht zur Unterstützung von Frauen, die viel arbeiten müssen und sich nichts gönnen und sich nicht schonen können.«

»Nun,« sagte Malten, der auf dem Treppenabsatz stehen blieb, »das ist ja sehr löblich von dem Verein.«

»Weißt du was, Uli?«

»Was denn?«

»Ich glaube, es steckt gar kein Verein dahinter.«

»Nicht?«

»Die junge Dame hat sich einmal verschnappt. Ich glaube, sie allein gibt das Geld her.«

»Um so schöner.«

»Jedenfalls kennst du sie. Sie ist reizend.«

»Ich kenne mindestens ein paar Dutzend reizender junger Damen.«

»Prachtvolle Augen hat sie – braune.«

»Ich werde künftig auf solche besonders achten.«

»Ja – und Braut ist sie.«

»Ich kenne auch eine Menge Bräute.«

»Also kannst du dir wirklich nicht denken, wer es war?«

»Hm –hm.«

»Sie schwärmt für dich.«

»Da wirst du dich aber irren, Mutter.«

»Ganz gewiß schwärmt sie für dich – natürlich, wie eine Braut halt noch für einen anderen Mann schwärmen darf. Ein liebes, herziges, reizendes Mädchen ist's!«

»Also kann ich wieder hinaufgehen?«

»Warum bist du denn heruntergekommen?«

»Ich – na, ich hab' halt reden hören und meinte, ich werde geholt. Essen wir bald?«

»Ich werde gleich in die Küche schauen.«

»Und der Reis soll recht körnig sein.«

Frau Malten ging in die Küche, ihr Sohn stieg wieder die Treppe hinauf.

Als er die Tür seines Zimmers hinter sich geschlossen hatte, blieb er stehen. Lange gab er sich stillen, frohen Gedanken hin, dann sagte er laut, aber ganz langsam: »Die viel arbeiten müssen und sich nichts gönnen und sich nicht schonen können –«

Dann ließ er sich an seinem Schreibtisch nieder und griff nach seiner langen Studentenpfeife, die er vorhin weggestellt hat. Er sog am Rohr und siehe, sie war noch nicht erloschen.

Mit Absicht qualmte er darauf los. Das Rauchen sollte ihn, wie so oft schon, wieder ins Gleichgewicht bringen.

Aber seine Seele pendelte ja schon nicht mehr zwischen unerfüllbarem Wünschen und sinnlosem Sehnen hin und her. Er war schon wieder ganz ruhig. »Nun,« sagte er laut vor sich hin, »dem Eck gönne ich sie. Denn der ist ein lieber Kerl!«

Dreizehntes Kapitel.

Anna Lindner war die Hausgenossin des alten Detektivs Müller geworden. Als sie am zweiten Abend heimkam, begleitete Otto sie nur bis zum Tore. Er wußte ja, daß es ihm gestattet worden war, seiner Braut in ihrem neuen Heim Gesellschaft zu leisten, und daß allabendlich ein Gedeck für ihn aufgelegt sei, aber einstweilen konnte er von der freundlichen Einladung keinen Gebrauch machen. Er schämte sich seines Stiefbruders und war voll Unruhe über den Verdacht, in welchem Fritz außerdem noch stand.

In solcher Stimmung war es ihm peinlich, mit Fremden zu verkehren, und selbst Müller war ihm ja schließlich ein Fremder, wiewohl er sich ihm jetzt schon zu Dank verpflichtet fühlte, weil der alte Detektiv sich Annas so rücksichtsvoll angenommen hatte.

Anna saß also auch heute nur mit Müller und seiner Wirtschafterin zu Tische. Als gegessen war, forderte Müller das Mädchen auf, noch ein Weilchen sitzen zu bleiben, denn er müsse ihr noch allerlei Fragen vorlegen.

Er zündete sich eine Zigarre an und sagte dann: »So, liebes Kind, jetzt wollen wir einmal über die Heimlichtuereien Ihrer Tante reden. Sie sagten mir auch letzthin, daß Frau Schubert sich vor Alterssorgen gefürchtet hat?«

»Ja, das hat sie. Dann hat sie zu verkaufen angefangen. Einmal hat sie einen Trödler kommen lassen, der hat alle ihre Möbel einschätzen müssen. Sie war ganz entsetzt darüber, wie wenig er dafür bot. Und es seien doch so schöne Möbel! Der Herr v. Eck hat sie ihr in seinem Testament vermacht. Vor sechs Jahren ist er gestorben, da sind sie hergeschickt worden. Die Wohnung, in der die Tante seinerzeit mit ihrem Mann gelebt hat, war zufällig zu haben, und so sind wir da gleich eingezogen. Vorher hatten wir in einem möblierten Zimmer gewohnt. Später einmal hat sie eine eingelegte Schatulle um fünfundsiebzig Kronen verkauft. Das hat sie mir erzählt. Aber auch Schmuckstücke hat sie verkauft, mir aber verheimlicht, was sie dafür bekommen hat. Auch korrespondiert hat sie oft mit jemandem, von dem sie nie mit mir geredet hat.«

»Wie haben Sie denn das gemerkt?«

»Sie hat mich einmal – heuer im Frühling war's – gefragt: ›Du, kriegt man viel für alte Briefmarken? Ich hab' einen, der solches Zeug sammelt, herbestellt für morgen, da bist du ja auch zu Hause. Allein mag ich mit einem ganz fremden Menschen nicht sein. ‹ Der nächste Tag war ein Sonntag. Ich hab' also zu Hause bleiben können. Nach dem Essen kommt ein Herr und stellt sich als der Markensammler vor, dem geschrieben worden ist. Da hat die Tante eine alte Reisetasche aus dem Schrank genommen, in der sie alle ihre Papiere aufgehoben hat. Es waren auch eine Menge Briefe darin. Einen davon hat sie ihm hingehalten. Er ist schon ganz vergilbt gewesen. Der Herr schaut die Marke an, die darauf klebt, und sagt: ›Ja, die kann ich brauchen. Sie haben mir aber von vielen Briefen geschrieben. Ich möchte sie alle sehen.‹ Da hat die Tante die Tasche auf den Tisch ausgeleert, aber so, daß der Herr nicht zu den Briefen hat kommen können, unter denen auch andere Papiere waren. Erst hat sie diese herausgesucht und hat ihm dann die Briefe hingeschoben. Die Papiere – es war auch eine Zeitung darunter – hat sie auf ihrer Tischseite liegen lassen. Der Herr hat Brief für Brief genommen und hat die Marken angeschaut. Es waren auch ein paar ausländische dabei. Er hat sich Notizen gemacht und hat dann erklärt, er nimmt alle Marken. Und auf einmal ist er ganz aufgeregt aufgestanden und hat auf die Zeitung gedeutet. ›Ein roter Merkur – ein roter Merkur!‹ hat er gerufen, hat sich dann aber wieder hingesetzt. ›Ich nehme also alle Briefmarken, aber die Zeitungsmarke dort muß ich auch bekommen, ‹ hat er dann ganz ruhig gesagt. Der Tante war es recht. Sie hat den Umschlag, auf dem die Marke war, von der Zeitung genommen und hat ihn dem Herrn hingereicht. – Aber was haben Sie denn, Herr Müller?«

Der alte Detektiv war plötzlich aufgesprungen, starrte Anna sichtlich aufgeregt an und tat dann dasselbe, was damals der Markensammler getan hatte. Auch er rief: »Ein roter Merkur – ein roter Merkur!« Aber sogleich war er wieder ruhig, setzte sich, rauchte wieder und sagte: »Weiter, liebes Kind, weiter!«

Da erzählte sie weiter: »Der Herr hat die Zeitungsmarke aufmerksam betrachtet und dann vor sich hingelegt. Und die Tante hat mich geheißen, die Briefe aus den Umschlägen zu nehmen und wieder in die Tasche zu tun. Unwillkürlich zählte ich sie und kam über die Zahl dreißig hinaus. Das weiß ich noch. Dann wurde ich fortgeschickt. Erst eine Viertelstunde später ist der Herr fortgegangen. So gegen vier Uhr hat mich dann die Tante zum Kaffee gerufen. Die Tasche lag leer auf einem Stuhl. Die Briefe und die Papiere hat sie also anderswo aufgehoben. Wieviel sie für die Marken gelöst hat, weiß ich nicht, darüber hat die Tante niemals mit mir gesprochen. Aber wenig muß es nicht gewesen sein, denn sie war sehr befriedigt über den Handel, und die Zeitung hat sie mir gezeigt. Der Herr v. Eck, der Gutsbesitzer, bei dem sie zuerst gedient hat, der hat ihr, wie sie aus seinem Dienst getreten ist, nebst allerlei anderen Andenken auch diese Zeitung geschenkt. Sie war damals schon alt. Es stand seine Vermählungsanzeige darin.«

»So – so?« meinte Müller zerstreut; denn das, was Anna jetzt erzählte, interessierte ihn gar nicht. Aber dann fragte er lebhaft: »Wie heißt denn jener Markensammler? Wissen Sie das?«

Anna schüttelte den Kopf. »Ich glaube, daß die Tante ihn auf eine Anzeige in der Zeitung kommen ließ,« gab sie an.

»Auf eine Anzeige! Welche Zeitung hielt sich denn Frau Schubert?«

»Das Tagblatt.«

»Und wann war der Mann da?«

»Im Frühjahr. So um Pfingsten herum. Warten Sie einmal, ich kann's Ihnen genau sagen. Am Sonntag nach dem Pfingstfest war's. Aber – Sie sind ja ganz aufgeregt, Herr Müller!«

Der alte Detektiv mußte laut auflachen. Dann sagte er, noch immer schmunzelnd: »Ich bin nicht als Mensch aufgeregt, auch nicht als Detektiv, sondern nur als Philatelist.«

»Was ist das?«

»Ein Markenliebhaber ist's. – Ein roter Merkur! Wissen Sie, was so eine lumpige Zeitungsmarke jetzt wert ist?«

»Ich hab' keine Ahnung.«

»Etwa fünftausend Kronen.«

»Aber Herr Müller!«

»Nicht wahr, die hat der Herr Ihrer Tante gewiß nicht gegeben?«

»Sicher nicht. So viel Geld hat sie damals gewiß nicht bekommen, sonst wäre sie wohl nicht so ruhig gewesen.«

»Na, der Mann wird zu finden sein, und das weitere wird sich dann auch finden.«

Müller entließ Anna, holte sein Markenalbum herbei und war bald in seine Schätze vertieft. Bedauernd brummte er vor sich hin, denn unter seinen österreichischen Zeitungsmarken glänzte der rote Merkur durch Abwesenheit.

Am nächsten Morgen war sein erster Gang nach der Schulerstraße ersten Bezirk. Da befand sich die Administration des Tagblatts. Dort ließ er sich den laufenden Jahrgang zur Durchsicht geben und hatte bald gefunden, was er suchte. Er hatte ja nur die Nummern vom halben Mai bis zum halben Juni zu durchblättern und hatte bald gefunden, daß unter den Buchstaben K. F. während dieser Zeit täglich ein Markenkäufer sich empfohlen hatte. Auch wer der Betreffende war, erfuhr Müller in der Administration. Es war ein Markenhändler, der auch ein offenes Geschäft mit Papierwaren hatte, Konstantin Friebel hieß und auf der Hauptstraße des dritten Bezirkes wohnte.

Eine Viertelstunde später stand Müller in Konstantin Friebels recht bescheidenem Geschäft.

»Herr Friebel?« fragte Müller den kleinen, ältlichen Mann, der hinter dem Verkaufstisch stand.

Der Mann bejahte. »Womit kann ich Ihnen dienen?« fragte er eifrig.

»Sie sind auch Markenhändler?«

»Ja. Wünschen Sie –«

»Sie haben im Frühjahr sich unter den Buchstaben K. F. empfohlen?«

»Das tue ich noch immer.«

»So. Nun, das interessiert mich nicht. Am Sonntag nach Pfingsten sind Sie zu Frau Schubert gekommen, die Ihnen auf Ihre Anzeige hin geschrieben hat?«

Friebel wurde jetzt sehr aufmerksam, er wurde sogar ein bißchen unruhig, denn er hatte natürlich auch gelesen, was über die Schubert in den Zeitungen gestanden hatte. An solch eine Sache aber in Beziehung gebracht zu werden, ist äußerst unangenehm.

»Was soll ich denn mit der Ermordeten zu tun gehabt haben?« fragte er hastig.

Müller mußte lächeln. »Mit der Ermordeten haben Sie nichts zu tun gehabt,« sagte er, »wenigstens nimmt das niemand an, aber mit der lebendigen Frau Schubert haben Sie damals einen Handel abgeschlossen. Um über diesen mit Ihnen zu reden, bin ich hier.«

Friebel sah Müller ängstlich an und fragte: »Wer sind Sie denn?«

»Sie haben damals auch einen roten Merkur mitgenommen,« fuhr Müller, die Frage nicht beachtend, fort.

»Nun, den hab' ich auch gut bezahlt.«

»Also mitbekommen,« stellte Müller seine Äußerung richtig. »Wieviel haben Sie denn dafür bezahlt?«

»Das steht in meinem Geheimbuch.«

»Sie werden so freundlich sein, es mir zu zeigen.«

»Herr – wie kommen Sie dazu?« stotterte Friebel.

»Sie haben natürlich Ihren Vorteil im Auge gehabt,« fiel Müller ein. »Das ist selbstverständlich, und das wird Ihnen niemand verübeln. Schlecht wäre Ihr Handel nur dann, wenn Sie, die Unkenntnis der Frau benützend, ihr etwa nur ein paar Heller für die Marke gegeben hätten, die heute einen so enormen Wert hat. Ich will also wissen –«

»Was für ein Recht haben Sie, mich so auszufragen?«

Müller sah den Mann kalt an. »Regen Sie sich nicht auf,« sagte er scharf. »Wenn Sie mir und zwar nicht sofort Ihr Geheimbuch zeigen, dann wird die Behörde es Ihnen abnehmen und die bezüglichen Eintragungen mit den Notizen vergleichen, welche die Schubert sich damals über den Ertrag des Markenverkaufes gemacht hat.«

Der alte Detektiv brachte die letztere Behauptung, obwohl sie nicht ganz der Wahrheit entsprach, mit großer Sicherheit vor. Zugleich wies er dem Manne seine Legitimation vor.

Friebel war wohl nie ein Held gewesen, er wußte nichts mehr zu entgegnen, warf seinem Besucher nur einen scheuen Blick zu und ging dann, Müller mit einer Gebärde zum Mitkommen einladend, in das neben dem Laden befindliche Zimmer.

Dort rückte er einen Stuhl an den Tisch heran, öffnete einen hohen Schrank mit vielen Schubladen, entnahm dem Mittelfache ein Geschäftsbuch und ein umfangreiches Kuvert und einer der Laden eine kleine Holzkassette.

Das alles legte er seufzend vor Müller hin.

Dieser griff sofort nach der Kassette, und schon im nächsten Augenblick hielt er eine Zeitungsschleife in der Hand, Sie war unachtsam zusammengeklebt worden. Ein Stückchen der Zeitung hing noch an ihr. Auf dieser Schleife war eine Adresse gedruckt, sie war mit ihrem Inhalt also dereinst einem Abonnenten zugeschickt worden. Es stand darauf: Seiner Hochwohlgeboren Herrn Hans v. Eck auf Pachern, Steiermark.

Müller las das ganz flüchtig. Dann blieben seine Augen lang auf der Zeitungsmarke haften, an dieser Marke, die wegen ihrer Seltenheit ein kleines Vermögen wert geworden war. Und seine Augen allein genügten ihm nicht einmal. Er zog eine Lupe hervor und studierte mit ihrer Hilfe die feinen Linien des kleinen Bildchens, eines Merkurkopfes.

Müllers Augen glänzten, und seine Wangen röteten sich. Geradezu liebevoll strich er über das vergilbte Papier hin, auf welchem der rote Merkur aufgeklebt war, und dabei las er noch einmal die Adresse. Nun legte er den Schatz wieder in die Kassette und schob diese mit einem Seufzer von sich.

Es tat ihm offenbar sehr leid, sich von der Marke trennen zu müssen.

Er deutete auf das grobe, sackartige Kuvert, das Friebel auch vor ihn hingelegt hatte: »Was ist da drinnen?«

»Die Briefmarken, die ich der Frau Schubert abkaufte. Ich hab' sie noch nicht einmal von den Umschlägen abgelöst.«

Friebel schüttelte den Inhalt auf die Tischplatte. Es waren fast lauter gleichartige Umschläge von dickem, gelblichweißem Papier, die in der linken oberen Ecke eine Freiherrnkrone und darunter die Buchstaben H. v. E. als Monogramm: in erhabener Pressung trugen.

Die meisten dieser Umschläge wiesen den Stempel der Poststation auf, zu welcher das Gut Pachern gehörte. Drei der Briefe waren in Nizza aufgegeben worden.

»Die sind nicht viel wert,« bemerkte Müller. »Da sind mir die alten österreichischen schon lieber.«

»Die habe ich auch eigentlich nur aus Versehen mitgenommen,« entgegnete Friebel.

Müller nahm das Buch zur Hand und blickte ihn dabei scharf an. »Bin neugierig,« sagte er dabei, »was Sie, natürlich auch nur aus Versehen, der Schubert gegeben haben.«

In des Händlers Wangen schoß das Blut. Er krümmte sich ordentlich, während der alte Detektiv in dem Geheimbuche das betreffende Datum suchte.

Er hatte es bald gefunden, sprang empor und schlug mit der Faust auf den Tisch. »Ah – das ist stark! Das ist der Gipfel des unverschämtesten Wuchers! Fünf Kronen geben Sie für die ganze Geschichte hier. Und Sie wissen, daß der rote Merkur allein seine fünftausend Kronen wert ist!«

»Ich hab' ja den roten Merkur noch. Weiß ich denn, ob ich ihn jemals verkaufen werde?« versuchte der ganz verwirrte Händler sich herauszuwinden.

Ein Blick Müllers ließ ihn verstummen. »Reden Sie keinen Unsinn. Setzen Sie sich und schreiben Sie mir das Bekenntnis dieses wunderschönen Handels nieder. Aber ganz klar, ganz deutlich.«

Und Friebel schrieb. Er brauchte sehr lange dazu, denn seine habgierige Seele zitterte nicht weniger dabei wie seine Hand.

Müller zählte inzwischen die vor ihm liegenden Umschläge. Es waren achtunddreißig. Siebenundzwanzig der Briefe, die einst darin gewesen, hatte Hans v. Eck geschrieben. Müller wunderte sich darüber. Die Schubert war doch nur die Dienerin dieses steierischen Edelmanns gewesen!

Jetzt stand Friebel auf und reichte Müller das Geschriebene.

Der las es aufmerksam durch und nickte dann.

»Das genügt,« sagte er. »Und jetzt überlegen Sie sich's, wie Sie an der Erbin gutmachen wollen, was Sie an deren Tante verbrochen haben.«

»Ich kann aber doch den Merkur nicht heute noch verkaufen!« stotterte Friebel.

Müller dachte eine Weile nach, dann sagte er: »Ich kenne den Sekretär einer Durchlaucht, die das für unseren Fall nötige Geld hat. Wenn alles gut geht, können Sie den roten Merkur heute abend schon verkauft haben. Halten Sie sich bereit. Ich werde Ihnen telephonieren. Und merken Sie sich's, ich werde durch den Sekretär erfahren, wieviel Sie für die Marke erhalten haben. Ich weiß auch, wieviel Gewinn Sie rechtlicherweise nehmen dürfen, werde also bis auf den Heller wissen, wie viel Geld Sie an Fräulein Lindner, die bei mir wohnt, zurückzuerstatten haben. Sie verstehen mich doch! Ich werde nur dann Ihre Handlungsweise nicht zur Anzeige bringen, wenn Sie sie, sobald es Ihnen möglich ist, wieder gutmachen. Sollte es mit dem Fürsten nichts sein, dann werde ich Ihnen einen anderen Sammler nennen, der sich die Erwerbung solcher Seltenheiten gönnen kann. So, jetzt gehe ich. Hoffentlich kommen wir nicht ernstlich zusammen!«

»Wohin schicke ich dem Fräulein, was ihr zukommt?« erkundigte sich fast weinend der Händler.

»Ja so!« meinte Müller, schrieb seine Adresse auf, und dann ging er.

Er begab sich nach dem ersten Bezirk; und es ging ihm, wie es vor einigen Tagen Otto Falk gegangen war: er stieß ein paarmal mit ihm Begegnenden zusammen. War Otto wegen seines Unglücks blind gewesen, so wurde Müller von seiner Leidenschaft für Marken geblendet – auf seinem ganzen Weg hatte er nichts anderes als den roten Merkur vor den Augen. Übrigens war sein Weg nicht umsonst. Gegen zwei Uhr nachmittags wurde Friebel schon gerufen, und um

acht Uhr abends – Müller war noch gar nicht heimgekommen – erschien der wackere Markenhändler, um Fräulein Anna Lindner viertausend Kronen zu übergeben, deren Empfang sie ihm
bestätigen mußte.

Anna war über das viele Geld ganz verwirrt und erwartete mit Ungeduld Müllers Heimkehr.

Erst gegen zehn Uhr kam der alte Detektiv. Er brachte ein mit Papier umhülltes Paket mit.
Merkwürdigerweise waren seine Hände mit Erde und Ruß beschmutzt, und in seinem kurzen,
gekrausten Bart hing ein kleines Moosbüschel.

Die beiden Frauen schauten ihn verwundert an, während er sichtlich vergnügt seinen Winterrock auszog und dabei auf das Paket schaute, das er auf den Tisch gelegt hatte.

»Aber Sie haben ja das Paket ganz zerrissen!« rief die Wirtschafterin.

»Das hat ein Nagel getan, nicht ich, liebe Frau Petz!« verbesserte Müller gut gelaunt. »Geben
Sie mir einmal den braunen Hausrock heraus, währenddessen gehe ich, um mich zu waschen.«

Er wollte schon in sein Schlafzimmer gehen, da fiel ihm Annas Angelegenheit ein. Er schaute
das Mädchen an und sagte dann: »Ich brauche wohl nicht erst zu fragen, ob die Geschichte mit
dem roten Merkur geordnet ist. Ich sehe es Ihnen an, daß sie zu Ihrer Zufriedenheit ausfiel.«

»Denken Sie, viertausend Kronen hat er mir gebracht – dieser Friebel!« jubelte Anna.

Müller sah sie lächelnd an, dann wurde der Ausdruck seiner Züge plötzlich ernst und gespannt, und er sagte eigentümlich scharf: »Nun, auch mir hat dieser rote Merkur einen Erfolg
gebracht. Ich hoffe nämlich, daß ich durch ihn auf die richtige Spur gekommen bin.«

Dann ging Müller in sein Schlafzimmer.

Als er wieder zurückkehrte, waren seine Hände und sein Gesicht sauber, und er trug seinen
braunen Hausrock.

Anna hatte sich mit einer Näherei, die sie heute allerdings noch nicht viel vorwärts gebracht
hatte, an den Tisch gesetzt.

»Sehn S', Anna, legen S' jetzt Ihre Arbeit weg,« sagte Müller, sich ebenfalls setzend. »Schauen
S' lieber einmal her, was ich da mitgebracht hab'.«

Das Mädchen tat, wie er gesagt, und sah neugierig zu, als er das Zeitungsblatt, welches die
äußere Hülle des Pakets bildete, mit einer gewissen Feierlichkeit ein wenig lockerte.

»Jetzt aufgepaßt!« sagte er vergnügt und schlug die Zeitung nun ganz auseinander.

Da stieß Anna einen lauten Schrei aus, fuhr vom Stuhl empor und starrte auf das nieder,
was Müller heimgebracht hatte.

Vierzehntes Kapitel.

Der alte Detektiv hatte, nachdem er den Sekretär für den roten Merkur interessiert, ein Gasthaus betreten, um ein zweites Frühstück zu nehmen. Er nahm sogar ein sehr ausgiebiges ein, denn er war schon jetzt davon überzeugt, daß er heute zu seinem Mittagsmahl nicht kommen werde.

Während des Essens war er sehr nachdenklich. Aber es war jetzt nicht mehr der rote Merkur, der sein Denken in Anspruch nahm. Vor einer Stunde war er mit sich selbst im Kampfe gewesen, ob er sich diese große Seltenheit nicht selbst kaufen solle, denn die Mittel dazu hätte er ja gehabt, und außerdem war er, der ganz allein in der Welt stand, niemandem Rechenschaft über die Verwendung seines Geldes schuldig.

Da begegnete er einem Krüppel. Es war eine wahre Jammergestalt, und es war nicht daran zu zweifeln, daß des armen Menschen Tasche ebenso leer war wie sein Magen. Der lenkte den braven Müller von seinen Gedanken ab. Er griff in seine Börse, ging dem Mann, der schon an ihm vorbeigehumpelt war, nach und steckte ihm verstohlen zwei Kronen in die Hand.

Der arme Mensch war zuerst ganz verblüfft und wollte sich dann sehr erfreut bedanken, aber Müller raunte ihm eindringlich zu: »Machen S', daß Sie weiterkommen! Sehen S' denn nicht, daß dort ein Wachmann steht?«

Der Mann schaute sich verstohlen um und humpelte dann gehorsam weiter, froh, daß der Wachmann ihm den Rücken zuwandte, den Vorgang nicht gesehen und ihn also nicht aufschreiben konnte.

Müllers Kampf um den Merkur war endgültig ausgekämpft. Es gab ja so viele arme Leute!

Er verweilte etwa eine Stunde in dem Lokal, dann ging er nach dem fünften Bezirk, nach dem Haus, in dem die Schubert gewohnt hatte.

Den Schlüssel zu ihrer Wohnung hatte er, seit er den Fall übernommen, immer bei sich.

Er war jetzt so allein, wie man allein sein muß, wenn man über etwas Bestimmtes so recht ungestört nachdenken will.

Als er gekommen war, hatten ein paar Kinder im Hofe gespielt. Jetzt war auch das Geräusch, das diese gemacht, verstummt. Da kam Müller das Verlangen, noch einmal den Garten zu durchsuchen. Die Leute im Hause waren jetzt sicherlich beim Essen, da blieb er also auch draußen im Garten ungestört. Und heute schien die Sonne, war es überall so hell, vielleicht entdeckte er etwas, das ihm letzthin bei dem mit Schneegewölk bedeckten Himmel entgangen war.

Müller verschloß also die Wohnung und begab sich in den Garten.

Gegen den Hof hin war dieser mit einem einfachen Eisengitter abgeschlossen. Zu dessen Tür führten zwei Stufen hinaus. Sie waren noch mit dem Schnee bedeckt, der letzthin gefallen war, und es war niemand seither in dem Garten gewesen. Die Schneeschicht vor und hinter seiner Tür war ganz glatt.

Müller betrat den kleinen Garten, der an zwei Seiten von einer mäßig hohen Planke und in seinem westlichen Winkel von fenster- und türlosen, stockhohen Mauern abgeschlossen war.

Es befand sich in ihm eine jener kleinen, halboffenen Holzhütten, die man mit dem merkwürdigen Namen »Lusthaus« belegt hat.

Das Lusthaus dieses bescheidenen Gartens hatte einerseits einen Teil der erwähnten Mauer, anderseits einen Teil der Holzplanke zum Hintergrunde. Es standen etliche Stühle und ein Tisch darin. Von einer schon recht alten Waldrebe war es dicht umrankt. Im Sommer mußte es in dem Häuschen ganz dunkel und kühl sein.

Nun, kühl war es heute auch darin, aber dunkel nicht, denn die Sonne schien hell und fand leicht ihren Weg durch das dürr gewordene Laub.

Müller setzte sich und überschaute den Garten. Er hatte ein Knie über das andere geschlagen und die verschränkten Hände darum geschlungen. Das war die Stellung, die er gern einnahm, wenn er sich ungeniert fühlte und längere Zeit auszuruhen gedachte.

Aber diesmal sollte er nicht lange in dieser seiner Lieblingsstellung bleiben.

Am Garten gewahrte er nichts, das seine Aufmerksamkeit erregte. Was da draußen vor ihm lag, war alles mit Schnee bedeckt. Gerade nur in dem Winkel, in welchem das Häuschen stand, hatte die Sonne gestern und heute den Schnee zum Schmelzen gebracht, da lag das blendende Licht hell auf dem Kies des Gartengrundes. Müller sah eine Stecknadel aufblitzen, die noch nicht ganz verrostet war, und sah die Schatten vom Winde bewegter Ranken in einer gewissen Regelmäßigkeit über diesen hellen Boden wandern, und dazu hörte er das leise Rauschen der Klematisranken, die sich an der Planke rieben.

Da gewahrten seine guterzogenen Augen etwas, das in seinem guterzogenen Hirn bestimmte Gedanken erregte. Sie gewahrten ganz deutlich den Schatten einer alten, schon bleistiftdicken, abgerissenen Ranke, die irgendwo eingeklemmt sein mußte, denn sie hatte nicht viel Bewegungsfreiheit. Wie ein dünner Finger bewegte sie sich hin und her, der lockt und winkt.

Müllers Augen suchten die Ranke, welche diesen Schatten warf, und als er sie gefunden hatte, bog er sie zu sich herunter.

»Ah!« sagte er und ließ sie wieder emporschnellen.

Was Müller zu seinem Ausruf bewog, war die Wahrnehmung, daß die Ranke an ihrer Bruchstelle ganz frisch aussah. Er stellte einen der Stühle knapp an die Planke und schaute hinüber, und dann rief er noch einmal: »Ah!«

Angestrengt sah er auf das Bündel ganz ineinander verflochtener Klematisranken, welches jenseits der Planke niederhing und dessen Enden auf einem großen Kohlenhaufen lagen, deren es da drüben eine Menge gab.

Müller hatte einen Bauplatz vor sich, den ein Holzhändler zur Unterbringung seiner Vorräte gemietet hatte.

Da gab es hochaufgeschichtete Partien von Brennholz und ganz ansehnliche Berge von Koks und verschiedener Arten von Kohlen. Jener Kohlenhügel, auf welchen die Enden der Klematisranken gefallen waren, unterschied sich in etwas von den anderen, regelmäßig geformten. Seine ehemals auch regelmäßige Form zeigte ganz besonders auf ihrem einst scharfen Grat eine etwa meterbreite Einsenkung, die sich auf der Außenseite des Hügels bis zu seinem Grunde hinabzog.

»Da also, mit Hilfe der zähen Ranken, ist er hinübergesprungen,« dachte Müller – und sprang auch hinüber. Auch er hatte in etliche der noch reichlich vorhandenen Ranken gegriffen und war so ganz leicht hinübergekommen, und zwar ganz genau an derselben Stelle, an welcher die ehemalige Form des Kohlen-Hügels schon von einem daraus Gesprungenen zerstört worden war.

Wieder gab ein Teil der Kohle nach und glitt mit Müller bis auf den Grund hinab.

Müller war nicht zu Fall gekommen. Er schaute sich jetzt genauer um und überlegte. »Warum ist der Mann nicht durch das Haustor entwichen? Hat er zu wenig Geduld gehabt, um dessen Freiwerden abzuwarten? Oder hat ihn das Grauen vor seiner Tat am Warten gehindert? Jenseits dieses Platzes gibt es nur wieder Bauplätze, da war ein Entkommen wohl sicherer. Aber da mußte er zweimal eine Planke passieren. Und dieser Platz ist gut verwahrt. Da ist an den drei äußeren Seiten die Planke mit dreifachem Stacheldraht unübersteigbar gemacht. Und der Stacheldraht ist nirgends entfernt. Wie hat der Kerl da hinüberkommen können? War vielleicht damals das Tor offen? Gegen halb sieben ist die Tat geschehen. Da hat man vielleicht noch hier gearbeitet. Aber da war ja wieder die Gefahr des Erwischtwerdens. Halt – was ist das?«

Müller unterbrach seine Erwägungen. Dicht am Kohlenhaufen, den er heruntergerutscht war, befand sich auch eine Art Hütte, ein kaum zwei Meter breiter und nicht viel höherer Holzverschlag, auf dem ein schon windschief gewordenes Dach saß. Das Holz dieses Verschlages war schon fast schwarz und da und dort mit schmutziggrünem Moos und gelblichen Flechten bedeckt.

Aber nicht auf diesen malerischen Ansiedelungen hafteten Müllers Augen jetzt wie gebannt. Nicht ihretwegen tat er die paar Schritte auf das Häuschen zu.

Eine Schnur hatte es ihm angetan, eine aus weißem und rosa Garn gedrehte Schnur, die da lustig im Winde baumelte und deren aufgelöste Enden wieder für sich ihr Spiel trieben. Daß diese Enden sich nicht noch weiter auflösen konnten, dafür war durch einen dicken Knoten gesorgt worden, der in die Schnur geknüpft worden war und der jetzt wie toll im Winde hin und her hüpfte.

Müller griff nach der Tür der Hütte. Sie war unverschlossen. Die Hütte war der Aufbewahrungsort für eine Menge Schaufeln und anderer Werkzeuge, die, wie ihr Aussehen bewies, schon lange nicht benützt worden waren. Da, wo das Dach der Hütte begann, zeigte sich eine kleine Vertiefung, und aus dieser hing etwa spannlang die Schnur nieder.

Müller griff ohne Mühe bis weit hinein in den Raum, in den man, auf dem Boden stehend, nicht schauen konnte. Jetzt fühlte er etwas Weiches unter seinen Fingern. Er faßte es an und zog es hervor.

Es klirrte, und dieses Klirren kam aus einem halbarmlangen Sack von Hirschleder, in dessen Zug die Schnur eingezogen war, deren eines Ende das Vorhandensein des Sackes verraten hatte.

Müller legte ihn auf den Boden und schwang sich dann zu der kleinen Dachnische hinauf. Sie enthielt nichts mehr, als was sich naturgemäß vorfinden mußte, viel Staub und etliche Spinngewebe. Und auch in dem unteren Teil des Verschlages entdeckte Müller nichts, das mit dem Schubertschen Fall in Verbindung gebracht werden konnte.

Nachdem er den ganzen Platz auf das genaueste durchsucht hatte, öffnete er den Ledersack. Er fand in ihm, worüber er sich gar nicht wunderte, denn er hatte es erwartet, die geraubten Eßbestecke der Schubert. Er ließ den Sack in den Garten hinübergleiten und kletterte ihm nach. Bis spät abends blieb er in der Wohnung der Ermordeten.

Als er sie verließ, war er höchlich befriedigt. Den Ledersack hatte er in eine Zeitung eingeschlagen. Er wollte ihn aufs Gericht bringen, empfand jedoch, daß es für ihn an der Zeit sei, etwas Warmes in den Leib zu bekommen.

Der lange Aufenthalt in der ungeheizten Wohnung hatte ihn recht durchkältet. Er nahm also seinen Fund mit nach Hause.

»Leider ist nur das Eßzeug darin,« sagte Müller zu der immer noch wie erstarrt dastehenden Anna, »ich hatte nämlich gehofft, daß der Schurke alles übrige auch in den Sack gesteckt habe, aber das Geld und sicher auch noch anderes, für ihn viel Wertvolleres hat er mitgenommen.«

»Was denn noch?« fragte Anna mit fliegendem Atem.

»Briefe.«

»Briefe?«

»Ich habe Ursache, es anzunehmen. Aber jetzt will ich mir's erst schmecken lassen. Bitte, liebe Anna, läuten Sie der Frau Petz.«

Wenige Minuten später saß er bei seinem Abendessen. Er aß so gemütsruhig, als habe er alle seine Gedanken bei den Speisen, die Frau Petz aufgetragen hatte.

Es war fast zehn Uhr geworden, als Müller sich seine Zigarre anzünden konnte. Dann sagte er zu Anna: »Sie müssen heute noch ein bißchen bei mir bleiben.«

»Gerne.«

»Und müssen mir nachdenken helfen. Es handelt sich hier nämlich ganz bestimmt nicht um einen Raubmord.«

»Aber der Täter hat doch auch geraubt! Sie haben doch eben selber die geraubten Bestecke gefunden!«

»Die er zurückgelassen hat, an einem Ort, von dem er annahm, daß sie dort nicht sogleich gefunden werden würden.«

»Und jetzt schon liegen sie da! Der Mensch hat sie also doch schlecht versteckt.«

Müller verneinte und schilderte Anna, wo er den Sack gefunden, und was dessen Versteck sonst noch verraten hatte.

»Also hat er doch eine Dummheit gemacht!«

»Da sieht man, daß Sie noch nie einen umgebracht haben,« erwiderte Müller lachend. »In solcher Lage übersieht man halt fast immer Kleinigkeiten.«

»Und die verraten einen dann.«

»Und die verraten einen dann!«

»Ob es nicht ein Kohlenarbeiter gewesen ist?«

»Daran habe ich von jenem Moment an gedacht, als ich den Sack unter den Fingern fühlte. Aber später bin ich von diesem Gedanken wieder abgekommen.«

»Es ist Ihnen wohl eingefallen, daß es ein eleganter Herr in einem hellen Winterrock war?«

»Darauf gebe ich nicht viel.«

»Nicht? Es haben ihn doch die zwei Frauen gesehen!«

»Meine liebe Anna, wenn Sie wüßten, wie wenig solche Zeugenaussagen zuweilen wert sind, und was für eine große Rolle anderseits der Zufall im Leben spielt, würden Sie sich auf so etwas nicht berufen.«

»Weshalb ließen Sie also den Gedanken an einen Kohlenarbeiter fallen?«

»Aus einem triftigen Grunde.«

»Der Täter konnte aber doch nicht über den Stacheldraht hinwegflüchten, und zum Haustor ist er nach Ihrer Meinung auch nicht hinaus.«

»Er hat beides nicht nötig gehabt. Das Tor des Holzplatzes hat zu jener Zeit offen gestanden.«

»Wie können Sie das wissen?«

»Der Pächter des Platzes hat es mir gesagt.«

»Ah, der Herr Kreh, der sein Geschäft in unserer Gasse hat?«

»Derselbe. Der Mörder Ihrer Tante ist also dort hinausgegangen.«

»Und hat ihr Geld mitgenommen.«

»Auch mitgenommen, möchte ich sagen.«

»Auch?«

»Frau Schubert hat ihre Wertpapiere – es wird sich wohl um solche handeln – vermutlich mit wichtigen Briefen zusammen aufgehoben gehabt.«

»Mit was für Briefen? Was für wichtige Briefe kann sie denn gehabt haben?«

»Ihre Tante war, soweit ich sie kenne, eine in moralischer Beziehung tadellose Frau.«

»Das war sie sicherlich.«

»War sie es immer?«

»Aber Herr Müller! Wie kommen Sie denn da zu einem Zweifel?«

»Ach zweifle ja gar nicht in Wirklichkeit daran, daß diese Frau ihr ganzes Leben lang ehrbar gewesen ist. Auch damals – auf dem Gute Pachern.«

»Sie zweifeln schon wieder!«

»Nein, Anna – mein Wort darauf! Ich denke nur Gutes von der Toten. Ich bin so fest wie Sie selbst davon überzeugt, daß Frau Schubert niemals in einem anderen Verhältnis zu ihrem damaligen Dienstgeber, dem Herrn v. Eck, gestanden hat als in dem Verhältnis einer braven Dienerin zu ihrem guten Herrn. Deswegen eben ist mir etwas aufgefallen.«

»Wann?«

»Heute vormittag – bei Friebel.«

»Aber –«

»Ich habe bei diesem zuerst an weiter nichts als an den roten Merkur gedacht. Friebel hat aber auch die Marken, die Ihre Tante ihm samt den Umschlägen gab, vor mir ausgeleert. Während er dann schrieb, habe ich, nur um die Zeit hinzubringen, diese Umschläge angesehen. Es waren ihrer achtunddreißig, alle tragen die Adresse Ihrer Tante, und siebenundzwanzig davon – merken Sie gut auf – siebenundzwanzig davon tragen eine Krone und die Buchstaben H. v. E. Das hat mich nachdenklich gemacht. Warum hat Herr v. Eck so lebhaft mit seiner ehemaligen Dienerin korrespondiert? Es pflegen solche Herren sonst doch nicht mit ehemaligen Dienstboten in einem so lange dauernden Briefwechsel zu stehen. Der letzte der Umschläge trägt im Poststempel die Jahreszahl 1900. Die beiden haben einander also fast bis zum Tode des Herrn v. Eck geschrieben.«

»Im Januar 1901 ist Herr v. Eck gestorben,« warf Anna ein. »Ich war erst kurz bei der Tante und weiß es noch wie heute. Gerade am Neujahrstag ist ein Telegramm gekommen. Am 2. Januar ist die Tante abgereist, und am 6. Januar, am Dreikönigstag, ist Herr v. Eck begraben worden.«

»So – so,« sagte Müller gedankenvoll und fuhr dann fort: »Können Sie sich denn gar nicht vorstellen, was die miteinander gehabt haben?«

»Nichts, gar nichts weiß ich. Die Tante hat mich nie in ihr früheres Leben eingeweiht. Es kann aber schon ein Geheimnis darin gewesen sein. Nur hat sie es in sich verschlossen, wie sie ja überhaupt auch ihre kleinsten Geheimnisse immer sorgfältig für sich behalten hat.«

Müller erhob sich. »Ist das zweifellos die Handschrift der Toten?« fragte er und legte ein Briefblatt vor Anna hin.

Es befand sich darauf nur ein Datum, eine Überschrift und der zwei Zeilen lange Beginn eines Briefes. Es stand da: »Wien, an: 19. Oktober 1907. Hochverehrte gnädige Frau Gräfin. Es drängt mich, bevor es zu spät dazu ist, noch einmal von der peinlichen Sache –«

An dieser Stelle hatte die Feder gespritzt, das Briefpapier war also unbrauchbar geworden.

Anna nickte. »Ja, das hat die Tante geschrieben,« sagte sie. »Dieser Brief hätte zweifellos der Gräfin Vivaldi zukommen sollen.«

»Es ist also wahrscheinlich, daß Frau Schubert einen anderen Brief an die Gräfin abschickte.«

Jetzt stand auch Anna auf. »Und was hat das mit dem Verbrechen zu tun?« fragte sie gespannt.

Müller zuckte die Achseln. »Vielleicht nichts,« sagte er gleichmütig, »vielleicht auch sehr viel. Aber jetzt wollen wir schlafen gehen.« Er reichte seinem Schützling die Hand, besann sich aber wieder und sagte dringlich: »Nachdenken, mein Kind, fleißig nachdenken! Vielleicht kommt doch etwas in Ihrem Gedächtnis zum Vorschein, was mir dienen kann. – Gute Nacht! Ich muß morgen wieder zeitig heraus.«

Richtig saß er am nächsten Morgen schon um sieben Uhr am Frühstückstisch. Je eine Nummer sämtlicher in Wien erscheinenden Abendblätter lag vor ihm. Er hatte der Frau Petz den Auftrag gegeben, ihm die Zeitungen zu besorgen, denn er hatte an alle diese Blätter eine Anzeige aufgegeben und wollte sich davon überzeugen, daß sie, wie er angegeben hatte, auch richtig heute schon erschienen sei. Es war der Fall. In allen Zeitungen stand die Anzeige: »Jüngerer, eleganter Herr in hellem Überrock gesucht. Ist vielleicht zugereist. Hatte am Abend des 30. November vermutlich Kohlenspuren an sich. Auskünfte über ihn erbittet man unter J. M. an die Expedition.«

Müller pflegte sich sonst stets erst um halb acht Uhr zum Frühstück zu setzen. Er wunderte sich also nicht, als Anna ins Zimmer trat.

»Sie sind heute noch da? Das ist recht,« rief er ihr entgegen.

»Ich werde halt heute eine Viertelstunde später kommen,« meinte Anna, die schon zum Ausgehen fertig war, »ich habe es nicht versäumen wollen –«

»Was wollten Sie nicht versäumen?«

»Noch mit Ihnen zu reden.«

»Was gibt es denn?«

»Mir ist etwas eingefallen.«

Müller legte das Eierlöffelchen wieder hin, das er soeben zur Hand genommen, und deutete auf den Stuhl neben sich.

»Nun?« sagte er.

Anna setzte sich. »Ich habe fast nicht geschlafen in dieser Nacht. Immer habe ich grübeln müssen, und da ist mir eingefallen, daß die Tante einmal, wie sie so schwer krank war, eine seltsame Rede geführt hat. Es ist gerade der Doktor weggegangen gewesen, und ich hatte mich wieder zu ihr gesetzt. Da hat sie mich ängstlich angeschaut und hat gefragt, ob der Doktor vielleicht gesagt habe, daß ihr Kranksein schlecht ausgehen könnte, und da habe ich sie getröstet, und zum Schluß habe ich gesagt, was mir wirklich von Herzen gekommen ist, daß sie gewiß noch lang leben werde, schon meinetwegen würde ich darum beten, und der liebe Gott würde es mir ja nicht antun, daß ich ganz allein auf der Welt bleiben müsse. – Damals habe ich nämlich meinen Otto noch nicht gekannt,« erklärte Anna schmerzlich lächelnd. »Da hat mich die Tante gestreichelt und hat gesagt: ›Ich weiß es, Kind, daß du mich liebhast, und daß du um mein Leben betest, freilich, wenn dein Gebet erhört wird, wird das jemand sehr gegen den Strich gehen.‹ War das nicht eine seltsame Rede? Schaut das nicht aus, als ob sie einen Feind gehabt hätte? Mir ist die ganze Geschichte entfallen gewesen, und es ist gerade, als ob Sie, Herr Müller, sie heraufbeschworen hätten.«

»Was jemand sehr gegen den Strich gehen wird,« wiederholte Müller und versank in Nachdenken, in ein so tiefes Nachdenken, daß er Ort und Zeit darüber vergaß. Er saß mehrere Minuten ganz regungslos da, dann erhob er den Kopf und sah Anna, die sich auch nicht geregt hatte, noch vor sich sitzen. »So, Kind, jetzt gehen Sie nur,« sagte er, ihr die Hand reichend.

Als sie draußen war, nahm er den Löffel wieder zur Hand und aß seine inzwischen kalt gewordenen Eier.

Dann setzte er ein ziemlich langes Telegramm auf und verließ das Haus.

Das Telegramm ging nach Graz. Es war an einen ehemaligen Kollegen Müllers, an einen gewissen Mittermayer gerichtet.

Den Tag brachte Müller auf den Wiener Bahnhöfen zu, wo er danach forschte, ob nicht ein Herr mit einem hellen Überrock und etwaigen Kohlenspuren abgereist sei.

Er hatte mit dieser Nachforschung gar keinen Erfolg. Er wunderte sich auch nicht darüber.

Fünfzehntes Kapitel.

Am Morgen des achten Tages nach dem Morde stand Müller vor einem Hotel des vierten Bezirkes. Es war ein solches dritten oder vierten Ranges, das erst unlängst eröffnet worden war, und das dem Südbahnhof ziemlich nahe lag.

Ein Zimmerkellner war es, der unter den in der Anzeige angegebenen Buchstaben »J.M.« geschrieben hatte, der irgend etwas Interessantes gewittert und vermutlich gemeint hatte, daß J.M. eine Dame sei, denn er hatte in einer recht galanten Art geschrieben und kam sichtlich aus der Fassung, als er, vom Portier herbeigeklingelt, sich einem ältlichen Herrn gegenübersah, der ihm seinen eigenen Brief unter die Nase hielt, womit die Vorstellung auch schon beendet war. Denn gleich darauf zeigte ihm Herr Müller seine Legitimation, und erst als er diese wieder in seine Rocktasche schob, fing er zu reden an.

»Führen Sie mich jetzt in einen Raum, in dem wir ungestört reden können,« sagte er zu dem jungen Menschen.

»Da wird's am besten sein, Sie kommen zu mir herein,« meinte der Portier. »Jetzt kommt sicher kein Mensch, der uns stören könnte.«

Der Mann trat in seine Loge zurück und machte eine einladende Gebärde.

»Ich weiß nämlich,« fuhr er fort, »warum Sie da sind, denn ich hab' sogleich den Brief vom Emerich erkannt. Ich war ja dabei, wie er geschrieben worden ist.«

Emerich war der Zimmerkellner, der Verfasser der ziemlich unorthographischen, aber um so schwungvolleren Epistel, die Müller hierher gerufen hatte.

»Also von der Polizei wird der Herr gesucht?« sagte der Kellner betreten, während Müller sich setzte.

Der alte Detektiv nickte. Er mußte über den Kellner lächeln, der sicher eine ganz andere Wendung der Angelegenheit erwartet hatte.

»Und ich soll also sagen, was ich über ihn weiß?«

»Selbstverständlich sollen Sie das sagen. Deswegen bin ich ja hier. Also fangen Sie an. Wann ist der Herr, den Sie meinen, hier ins Haus gekommen?«

»Am 30. November – so gegen halb sechs Uhr.«

»Sie haben ihm den Meldezettel sogleich vorgelegt?«

»Sofort. Er hat noch nicht einmal seine Tasche und seinen Schirm abgelegt gehabt. Wir haben nämlich erst unlängst Schwierigkeiten gehabt mit –«

»Schon gut. Das interessiert mich nicht. Hat er sich eingeschrieben?«

»Freilich, aber da hat's schon gefehlt.«

»Wieso?«

»Er hat erst nachdenken müssen, dann erst hat er geschrieben.«

»Wollen Sie damit sagen, Sie hätten den Eindruck erhalten, daß er nicht seinen wirklichen Namen hingeschrieben hat?«

»Ja, das will ich damit sagen.«

»Was ist weiter geschehen?«

»Der Herr ist gleich wieder ausgegangen. Wie er weg war, habe ich mir seine Tasche angeschaut. Natürlich war sie verschlossen.«

»Wie hat sie ausgesehen?«

»Eine feine, ziemlich kleine Reisetasche war es aus braunem Leder, ohne Überzug. Ein Silberschildchen hat sie gehabt, und darauf ist ein Monogramm gewesen.«

»Welche Buchstaben?«

»Ja, das hab' ich in der Schnelligkeit nicht herausgebracht. Es waren so verzwickte neumodische Buchstaben, ganz ineinander verschlungen waren sie auch noch.«

»Waren Sie so eilig? Sie scheinen doch nicht so arg viel zu tun zu haben.«

»Ich bin halt abgerufen worden. Und gar so sehr interessiert hat mich die Sache ja schließlich auch nicht. Immerhin meine ich, daß kein ›W‹ in dem Monogramm vorgekommen ist.«

»Warum hätte gerade ein ›W‹ darin sein sollen?«

»Weil der Herr sich als Wenzel Bogdan aus Prag eingeschrieben hat.«

»Aha! Nun – und was weiter?«

»Gegen ein Viertel auf neun Uhr ist der Herr wieder zurückgekommen,« nahm jetzt der Portier das Wort, »hat, ohne zu fragen, was das Zimmer kostet, ein Fünfkronenstück auf diesen Tisch gelegt und hat mich ersucht, ich soll ihm seinen Rock abbürsten, er wäre an einem Mann angestreift, der einen Sack Kohlen in ein Haus getragen habe. So habe ich ihm also den Rock abgebürstet.«

»Es war ein heller Überrock?«

»Ein ziemlich heller, drapefarbener war's. Einen Samtkragen hat er auch gehabt.«

»Wo waren denn die Flecken?«

»Auf der ganzen linken Seite.«

»Auch unten?«

»Ja, auch unten.«

»Haben Sie sich dabei nichts gedacht?«

»Was hätte ich mir denn denken sollen?«

»Daß die Kohlenträger die Säcke doch auf der Schulter tragen.«

»Das ist wahr. Der Herr hat mich also angelogen. Auf welche Art hat er sich denn so schwarz gemacht?«

»Das gehört nicht hierher. Wie hat denn der Herr ausgesehen? Können Sie ihn beschreiben?«

»Ein recht hübscher Mann war's.«

»Ein feiner Mann?«

»Mein lieber Herr, das könnt' ich wirklich nicht sagen.«

»Und Sie können es auch nicht sagen?« wandte Müller sich an den Zimmerkellner.

Auch dieser zuckte die Schultern. »Bei uns wohnen meistens Geschäftsreisende,« sagte er, »die schauen auch manchmal recht fein aus und sind schließlich doch keine feinen Herren. Übrigens habe ich ja diesen Fremden kaum drei Minuten vor mir gehabt. Wie er wiedergekommen ist, hab' ich ihn überhaupt nicht gesehen.«

»Da hat der Hausdiener seine Tasche herunterholen müssen, während ich mit dieser Bürste da seinen Rock gesäubert habe,« vollendete der Portier den Bericht.

»Ist Ihnen dabei nichts an ihm aufgefallen? War er nicht ausgeregt?«

»Sehr aufgeregt kann er nicht gewesen sein,« meinte der Portier, »sonst wäre es mir wohl aufgefallen. Ich hab' nur bemerkt, daß er recht ungeduldig war. Aber das sind viele Reisende. Bei mir hat er sich übrigens auch nicht länger als höchstens fünf Minuten aufgehalten, dann ist er zur Straßenbahn gegangen.«

»Das haben Sie noch gesehen?«

»Ja. Ach hab' ihm nachgeschaut.«

»Haben Sie ihn einsteigen sehen?«

»Ja. Er ist der Stadt zu gefahren.«

»Der Stadt zu also. Schön. Und nun noch einige Fragen! Denken Sie beide jetzt scharf nach! Die Farbe seiner Augen und seiner Haare würde mich interessieren.«

»Mir scheint, braune Haare hat er gehabt,« sagte Emerich.

»Waren sie nicht schwarz?« meinte der Portier.

»Also jedenfalls nicht blond?« fragte Müller.

»Nein, blond auf keinen Fall,« sagten die zwei wie aus einem Munde.

»Seine Figur?«

»Groß.«

»Höchstens mittelgroß.«

Müller mußte lachen. »Noch jung?« examinierte er weiter.

»Vielleicht Ende zwanzig.«

»Mitte Dreißig, mein' ich.«

Wieder lachte der Detektiv. »Trug er einen Bart?«

»Einen Schnurrbart.«

»Ich glaub' auch.«

»Und was für eine Uhrkette?«

Die zwei schauten einander an.

»Wissen Sie es?« fragte Emerich den Portier.

Der schüttelte den Kopf. »Ich glaub', er hat den Rock zugeknöpft gehabt,« sagte er nach einer Weile.

»Ist das alles, was Sie mir über den Mann sagen können?«

»Alles,« sagte der Zimmerkellner.

»Ich weiß auch nichts mehr,« erklärte der Portier.

Müller erhob sich, dankte für die Auskunft und ging, zwei ziemlich enttäuschte Gesichter zurücklassend.

Er wendete sich zur nächsten Haltestelle der Straßenbahn und fuhr dann der Stadt zu. Er wußte jetzt, daß jener Fremde am 30. November gegen halb sechs Uhr in das Hotel kam, das er sofort wieder verließ, ferner daß der Mann gegen viertel neun Uhr wiederkam und nur etwa fünf Minuten blieb, daß er also zweieinhalb bis zweidreiviertel Stunden abwesend gewesen war. Ferner wußte Müller, daß von jenem Hotel das Haus der Schubert zu Fuß in etwa einer halben Stunde zu erreichen war, daß also dem Betreffenden, falls er ihr Mörder war, anderthalb bis eindreiviertel Stunden zur Ausführung der Tat blieben.

Otto Falk hatte angegeben, daß er zehn Minuten nach sechs Uhr von der Schubert weggegangen sei, und erst gegen halb neun Uhr hatte Anna beim Heimkommen das Verbrechen entdeckt. Und der Holzhändler hatte angegeben, daß damals das Tor zu seinem Lagerplatz bis acht Uhr offen gestanden hatte.

Das alles stimmte bis aufs Tüpfelchen zusammen.

Es war kaum mehr an dem Zusammenhang zu zweifeln, jedenfalls war nicht mehr daran zu zweifeln, daß es einen jüngeren, eleganten Herrn gab, der zur betreffenden Zeit sich in der Nähe des Tatortes aufhielt, einen Herrn mit einem hellen Überrock, in welchem sich Flecken von Kohlen befanden.

Müller bat im stillen der Schustersfrau und der Hausmeisterin seinen Zweifel an der Richtigkeit ihrer Aussagen ab und kam sehr angeregt heim. Dort fand er die Drahtantwort seines Kollegen Mittermayer in Graz.

Als er sie gelesen hatte, brummte er: »Also das ist nicht möglich. Na, auch gut. So wird man die Sache halt anders anpacken müssen.«

Der Inhalt der Depesche aber war folgender: »In das Haus L. zu kommen, ist – in solcher Hast wenigstens – unmöglich. Gründe leicht begreiflich nach Lesung nachfolgenden Briefes.«

Sechzehntes Kapitel

Die Umgebung von Bruck an der Mur ist nicht gerade großartig, aber sie ist lieblich, und die dunklen Wälder, die rings die Höhen bedecken, geben der Gegend einen Einschlag von Ernst, der ihr recht gut steht.

Etwa eine Gehstunde von Bruck liegt das Dorf St. Florian. Es liegt auch von Kapfenberg, der Bruck zunächstgelegenen Station der Südbahn, etwa eine Gehstunde fern. St. Florian duckt sich zu Füßen eines ziemlich hohen, steil abfallenden Berges und läßt sich sozusagen außerdem noch behüten von dem uralten, schönen Bau, der, ein wenig höher gelegen als das Dorf, auf dieses niederschaut.

Dieser altersgraue Bau mit den derben Ecktürmen und den ebenso derben Wirtschaftsgebäuden, die ihn umgeben, ist das Gut Pachern. Die Landstraße führt daran vorüber, und unterhalb der weiten, sanft abfallenden Wiesen und Felder, in deren Mitte es steht, fließt ein Wildbach, der weiter unten eine Mühle treibt, die auch schon viele hundert Jahre alt ist und einst zum Gut Pachern gehört hat.

Das Schloß selbst grenzt an einen schönen, großen, sich bis zum Bach hinunterziehenden Garten. Zum Dorfe hat man vom Schloß aus fast zwanzig Minuten zu gehen.

Pachern ist kein Prachtbau, hat aber dennoch einige architektonische Schönheiten, seinen von wohlgeformten Säulen getragenen offenen Gang, in welchem die Zimmer des ersten und einzigen Stockwerkes münden, und seine zwei Ecktürme, welche achteckige Räume umschließen, deren Fenster eine herrliche Fernsicht vermitteln. Auch schöne Kreuz- und Rippengewölbe gibt es in Pachern, und die kleine Schloßkapelle besitzt einen Flügelaltar, dessen Schnitzarbeit von der Hand eines unbekannten, aber jedenfalls großen Künstlers herrührt.

Pacherns größter Reiz jedoch liegt in der Natur, von der es umgeben ist. Auch jetzt, in körnigen Schnee gebettet, von einem lichtblauen Himmel überwölbt, in dessen unendlichen Tiefen es silbrig schimmert, bietet diese stille Gebirgslandschaft ein wunderschönes Bild.

Einer aber freut sich der Winterpracht nicht. Es ist das noch dazu einer, der dazu hinausgezogen ist, diese Pracht zu genießen.

Es ist ein Schiläufer. Er sitzt auf einem an der Straße liegenden Felsstück. Die Schneeschuhe, die Lenkstange und sein Rucksack liegen neben ihm. Er selber ist soeben dabei, seine linke Hand zu untersuchen.

Einmal schaut er flüchtig auf. Ein Rabe ist an ihm vorbeigestrichen. Am Bache unten hackt ein Fischer das Eis auf. Sein Angelzeug liegt neben ihm. Sonst ist nichts Lebendiges ringsum.

Doch da regt sich in der Ferne etwas. Auf der Straße kommt ein Reiter daher. Ganz langsam reitet er, wohl mehr seinem Fuchshengst als sich selber zuliebe. Nach einer guten Weile erst kommt er an dem Schiläufer vorbei.

Der untersucht noch einmal die Gelenke seiner Hand, dann steht er ein wenig mühsam auf, wirft sich den Rucksack um, hängt die Schneeschuhe über die Schulter und geht auf das Dorf zu, das schon sichtbar ist.

Das Schloß liegt noch etwa hundert Schritte vor ihm. Da kommt hinter ihm ein kleiner Bube daher. Der Reiter reitet gerade neben ihm.

»Du, Kleiner,« ruft der Reiter, »geh nur in die Küche. Sie sollen dir was Gutes geben. Sag ihnen auch, der gnädige Herr käme sogleich heim«

Da setzt sich das Büblein eilig in Trab und läuft in das Schloß hinauf.

Das liegt jetzt schon dicht vor dem verunglückten Schneeschuhläufer, neben dem der Reiter herreitet.

Der Schiläufer weicht ihm ein bißchen unbehilflich aus, bleibt dann stehen, wischt sich das Gesicht ab, klemmt die Lippen ein und stützt sich dann schwer auf seinen Lenkstock.

Der Reiter hält an. »Haben Sie sich verletzt?« fragt er.

»Gestürzt bin ich, und mir scheint, ich habe mir die linke Hand verstaucht.«

»Das ist fatal. Aber Sie gehen auch etwas mühsam.«

»Stimmt,« gibt der andere mit einem Lächeln zu. »Das hat aber mit meinen Schiern nichts zu tun. Es hat mich nur plötzlich ein Hexenschuß gepackt.«

»Auch schlimm!« erwidert der junge Reiter, springt vom Pferd und steht schon neben dem anderen. »Ruhen Sie ein wenig bei mir aus. Vielleicht wird Ihnen besser.«

»Wie käme ich dazu?«

»Genau so, wie ich dazu käme, wenn mir bei Ihrem Hause so etwas passierte.«

»Da müßten Sie nach Brandenburg kommen.«

»Ich hab' es schon erkannt, daß Sie da oben zu Hause sind.«

»Spreche ich noch so stark Dialekt?«

»Kaum wahrnehmbar – aber doch.«

»Und ich bin schon seit Jahren so selten daheim.«

»Sie reisen viel?«

»Ja – und denken Sie, zumeist meiner Sportliebhabereien wegen – au!«

»Gehen wir langsamer. Wollen Sie meinen Arm nehmen? – So! Jetzt wird es besser sein. – Matthias!«

Diesen Namen rief der junge Mann zum Bach hinunter.

Daraufhin kam der Fischer herauf. »Was wünschen der gnädige Herr?« fragte er.

»Den Rucksack und die Schneeschuhe dieses Herrn tragen Sie ins Haus. Frau Huber soll das grüne Turmzimmer heizen lassen.«

Der Mann ging eilig davon, um den Auftrag auszuführen.

Es war entschieden Bewegtheit in der Stimme des Fremden, als er, dem liebenswürdigen Schloßherrn ernst in die Augen schauend, sagte: »Ich bin mehr als nur verwundert über Ihr so gütiges Entgegenkommen. Gestatten Sie mir, mich Ihnen vorzustellen – v. Schleinitz, Gutsbesitzer.«

»Eck v. Pachern,« sagte der andere, den Hut lüftend. »Es freut mich, einen Gast zu bekommen. Die Winter sind ein wenig eintönig hierzulande. Sie sehen, meine Einladung geschah aus reinem Egoismus.«

»Das habe ich natürlich sofort angenommen,« sagte Schleinitz, lächelnd den Scherz aufnehmend, und ließ sich nun ohne weiteres ins Schloß und in einen großen, hallenartigen Raum führen, zu dem man von der Gartenseite her über eine niedrige Freitreppe gelangte.

Schleinitz ließ sich mit einer gewissen Vorsicht in einen Sessel nieder, den der junge Hausherr ihm vor den riesigen Ofen schob. »Da haben Sie es aber schön!« sagte er. »Es muß überhaupt in dem prächtigen Bau behaglich zu leben sein.«

»Zurzeit nicht besonders,« entgegnete Eck etwas melancholisch, »und ich weiß auch nicht, ob das jemals anders werden wird.«

»Sie sind Junggeselle?« erkundigte sich der Gast.

Eck bejahte. »Ich lebe schon verschiedene Jahre wie ein Mönch hier. Ich habe fast keinen Verkehr als den mit meinen Dienstleuten, und die vergnügten Stunden, die einem diese bereiten, die kennt man ja. Übrigens bin ich seit einem halben Jahr Bräutigam.«

»Da gratuliere ich. Da wird's ja bald anders werden.«

»Es ist mir auch zu gratulieren,« rief Eck, und sein schönes Gesicht erhellte sich für einen Augenblick. Dann freilich zog die Wolke des Schwermutes wieder darüber hin.

Um diesen plötzlichen Stimmungswechsel zu bemänteln, benutzte Eck eine Bewegung seines Gastes. »Bitte,« sagte er, »wollen Sie einmal das Bein ausstrecken?«

»Danke, es ist schon gut so. – Aber Sie werden jetzt wissen wollen, wie ich alter Brandenburger in Ihr eigentlich weltfern gelegenes Tal komme.«

»Wenn Sie es mir sagen wollen, wird es mich interessieren.«

»Erstens bin ich ein Freund alter Burgen und Schlösser. Und da ich in Laibach einen Bekannten besuche, habe ich auf meinem Weg – ich war nämlich ein paar Wochen auf dem Semmering – mir angeschaut, was eben zu sehen war, und habe dabei auch vielfach meine Schier benützt. Mein Gepäck habe ich vorausgesandt. Es ist mir übrigens sehr angenehm, daß Sie keine Damen im Hause haben, denn in meiner Touristentracht könnte ich mich ihnen ja kaum zeigen.«

»Das hat bei uns nichts zu sagen.«

»Nun, ich hoffe, Sie nur ein paar Stunden belästigen zu müssen.«

»Werden Sie heute schon in Laibach erwartet?«

»Das nicht. Man kennt dort meine Ankunftszeit noch nicht.«

»Nun also. Da ruhen Sie sich vorerst ein paar Tage hier aus. Man kann doch seinen Bekannten nicht mit einem Hexenschuß ins Haus fallen.«

»Hierherein bin ich jedenfalls damit gefallen, und hier bin ich sogar ganz fremd.«

»Sie werden sich bei mir bald wie daheim fühlen, denn Sie werden bemerken, daß ich mir meine volle Freiheit wahre. Ich werde mich nur sehr wenig um Sie kümmern.«

»Also wollen Sie mich tatsächlich über Nacht behalten? Wohl täte es mir schon.«

»Ich werde Sie einfach nicht fort lassen, solange Sie nicht wieder ganz wohl sind, denn meine Braut, die in Graz lebt, und die ich sonst jeden zweiten Tag sehe, macht einen Besuch in Klagenfurt.«

»Da können Sie mich also zur Gesellschaft brauchen! Nun gut – ich bleibe. Aber, besonders lustig bin ich nicht – darauf mache ich Sie aufmerksam!«

»Gerade jetzt könnte ich einen Lustigmacher gut brauchen,« entgegnete Eck, seltsam lächelnd. »Schade also, daß Sie nicht von dieser Art sind!«

Schleinitz strich sich über den schmerzenden Rücken. »Daran ist eben das Alter schuld,« meinte er, »das Alter, das mich noch immer nicht recht vor Torheit schützt. Ich sollte wirklich damit aufhören, Sport zu treiben, aber ich habe eben damit nie aufgehört, und von lieben Gewohnheiten läßt man nicht so leicht. – Was haben Sie denn dort stehen? Den schlanken Krug meine ich. Das ist wohl bosnische Arbeit?«

»Ja – und es ist ein schönes Stück. Ich hab' es mir im alten Han in Sarajewo selbst ausgesucht.«

»Ah – Sie waren in Bosnien? Wahrscheinlich als Offizier?«

»Ja. Aber meistens in ganz entlegenen Bergnestern. Wir hatten oft nichts als Schaffleisch zu essen. Aber es war doch schön dort. Nie mehr werde ich so ganz frei wieder sein wie dort!«

»Sie lieben die schrankenlose Freiheit?«

»Ich weis; nicht, woher ich es habe, denn hier und wo ich immer lebte, habe ich doch eigentlich nichts, als das reinste Philistertum um mich gehabt.«

»Vielleicht war einer Ihrer Vorfahren ein Raubritter,« scherzte Schleinitz.

Aber er hatte kein Glück mit diesem Scherz. Sein Gastgeber sah plötzlich recht ernst aus.

Schleinitz war jedoch ein Weltmann. Er schien die kleine Verstimmung nicht zu bemerken, redete von etwas anderem, und so kamen die beiden Herren schnell wieder zu Dingen, die jedem von ihnen genehm waren.

Dann wurde gemeldet, daß es im grünen Turmzimmer schon warm sei.

»Es ist nämlich noch gar nicht recht kalt dort gewesen,« erklärte Eck. »Gestern noch hatte ich Gäste. Meine Braut und ihre Tante waren hier. Die junge Dame huldigt nämlich dem Rodeln, und ich habe ihr eine fast fünf Kilometer lange Bahn von bester Beschaffenheit herstellen können.«

»Das ist ja eine ideale Bahn!«

»Nahezu. Sind Sie auch Rodler?«

»Nein – das nicht. Und Sie?«

»Gewiß. Aber gestern kam es doch zu keiner Fahrt.«

»Weshalb nicht?«

»Es ist plötzlich ein derartiger Sturm in unser Tal hereingebrochen, daß wir einfach nicht ins Freie gehen konnten.«

»Aber früher haben Sie doch schon gerodelt?«

»Es war noch kein Wetter dazu,« sagte Eck.

Er sagte es erst nach einer kleinen Pause, denn er hatte sich, von Schleinitz abgewendet, damit beschäftigt, den Handschuh aufzuheben, den er eben von der Hand gezogen hatte, und der ihm entfallen war.

»Bei uns auf dem Semmering war gerade das richtige Wetter dazu.«

Schleinitz erhob sich vorsichtig und ging dem Stubenmädchen nach, das, um ihm den Weg zu weisen, an der Tür stehen geblieben war.

»Um ein Uhr ist Speisestunde,« bemerkte Eck, hinter ihm hergehend. Seine Stimme klang schon wieder freundlich.

Eine Stunde verstrich schnell, und bei Tisch gab es ein sehr angeregtes Gespräch. Besonders der hereingeschneite Gast hatte viel zu erzählen. Er war weit herumgekommen in der Welt, und Österreich kannte er in fast allen seinen Teilen. Auch Bosnien und sogar den Garnisonsort, in welchem Eck jene köstliche Freiheit genossen, von welcher er vorhin geschwärmt hatte, und dessen Name erst jetzt genannt worden war, kannte er. Für Schleinitz hatte die Rassenverschiedenheit der Angehörigen des österreichischen Kaiserstaates einen so großen Reiz, wie er erklärte, daß er zumeist deshalb dieses Land bereiste, welches schon seiner Bodenbeschaffenheit halber so interessant war. Und wie geistreich wußte er die Eindrücke zu schildern, die er erhalten hatte!

Nur vergaß er dabei zu essen. Und als Ecks immer wiederkehrende Aufforderungen kaum einen Erfolg hatten, mußte der Gast zugeben, daß es ihm in letzter Zeit überhaupt an Eßlust mangle.

Den Nachmittag verbrachte der junge Gutsherr auswärts.

Lisi, das Stubenmädchen, welches dem Gast den Kaffee in sein Zimmer brachte, war recht redselig, vielleicht deshalb, weil sie so selten Gelegenheit hatte, mit jemand anderem zu sprechen als mit der einsilbigen Wirtschafterin und dem Küchenmädchen, das ein einfältiges Ding war. Zudem munterte sie der freundliche Gast zum Reden auf, indem er so recht gemütlich allerlei Fragen an sie stellte, wie lange sie schon hier diene, und ob sie angenehme Dienstgenossen habe.

»Fad ist's halt hier,« meinte sie, »namentlich wenn der gnädige Herr wegfährt. Da hört man dann überhaupt kaum einen Laut im ganzen Schloß.«

Ob denn Herr v. Eck viel reise, erkundigte sich der Gast und erfuhr, daß jener jeden zweiten Tag zu seiner Braut nach Graz fahre, und daß er kürzlich auch sonst zweimal verreist gewesen sei – einmal nicht gar lange, einmal aber ein paar Tage. Da hatte er etwas in Triest zu tun gehabt.

»Aber nicht nur wegen des Holzverkaufes ist er hingefahren,« sagte das Mädchen.

Sie redete überhaupt in einigermaßen gereiztem Tone, wenn sie von ihrem Gebieter sprach, und Schleinitz, offenbar ein Menschenkenner, glaubte schon zu wissen, weshalb ihre Seele da jedesmal aus dem Gleichgewicht kam.

Er hatte bei Tisch einen heißen Blick bemerkt, den die hübsche Person verstohlen auf ihren Herrn warf, und anderseits hatte er wahrgenommen, daß dieser Lisi mit vollkommener Gleichgültigkeit behandelte.

»Es kann Ihnen doch vollständig gleich sein, weshalb Ihr Herr dahin oder dorthin reist,« meinte Schleinitz, Lisi lächelnd und mit sichtlichem Wohlgefallen betrachtend, was das Mädchen noch gezierter machte, als es ohnehin schon war.

»Mir kann es freilich gleich sein,« entgegnete sie in vielsagender Weise, »ob aber auch seiner Braut? Die Baronesse Simonetta hat viel Temperament. Ob die so ruhig zuschauen wird über diese heimlichen Fahrten nach – Triest?«

»Ihr Herr reist doch gewiß nicht heimlich,« warf der Gast ein. »Mir scheint, Sie sind eine kleine, romantische Person, deren Phantasie von diesen mittelalterlichen Mauern zu sehr angeregt wird.«

»Da irren sich der gnädige Herr aber sehr,« fiel ihm das Mädchen in die Rede. »Nicht heimlich soll er reisen? Ist es etwa keine Heimlichkeit, wenn einer sagt, er geht nach Graz, und derweil schleicht er sich nach Kapfenberg und fährt nach der entgegengesetzten Seite?«

»Mein schönes Kind, ereifern Sie sich doch nicht so sehr!« mahnte der Gast. »Warum sind Sie denn überhaupt so erzürnt gegen Ihren Herrn?«

»Weil er mich heute früh wieder vor allen heruntergeputzt hat,« brach das Mädchen los. »Und noch dazu wegen nichts und wieder nichts. Ich habe auch sofort gekündigt. Ach brauche mich keine Schnüfflerin heißen zu lassen.«

»Schnüfflerin! Das ist freilich ein starker Ausdruck!«

»Nicht wahr? Und was hab' ich denn getan? Seinen Schreibtisch hab' ich abgestaubt, und er war noch dazu dabei. Am Fenster hat er gestanden und hat seine Uhr aufgezogen. Da frag' ich ihn, ob ich die Goldschmiedadresse, die auf dem Tisch gelegen ist, wegwerfen kann. Da hätten Sie ihn sehen sollen! Wie ein Wilder ist er auf mich zugestürzt und hat mir die Karte aus der Hand gerissen. Ich bin hinausgelaufen, er aber mir nach, und da ist das Geschimpf losgegangen. – Und er war doch bisher ein so ruhiger Herr!« sagte die Leidenschaftliche, plötzlich aufschluchzend. »Aber in letzter Zeit ist er wie ausgewechselt. Und ich hab' ihm doch von seinem Umberto nichts heruntergebissen!«

»Von was für einem Umberto?« fragte Schleinitz.

»Na – der Name ist halt auf der Karte von dem Goldschmied gestanden.«

»Ah so!« machte Schleinitz und sagte dann: »Sie, liebes Kind, mir scheint, es tut Ihnen schon leid, daß Sie gekündigt haben.«

Der Herr hatte das sehr wohlwollend gesagt. Des Mädchens Lippen fingen zu zucken an.

Aber Lisi mochte stolz und trotzig sein. Sie wurde schnell wieder ruhig und rief: »O ich gehe – ich gehe schon! Wenn die junge Frau da sein wird, könnt' ich es doch nicht mehr aushalten, denn –«

Lisi lachte hysterisch auf, wischte sich die Tränen ab und lief hinaus.

Schleinitz sah ihr lächelnd nach. »Armes Ding!« murmelte er. »Es wäre ja ein Wunder, wenn du dich nicht in ihn verliebt hättest! Er ist wohl so ziemlich der schönste Mann, den ich je gesehen habe.« –

Nach einer Weile holte Lisi das Kaffeegeschirr. Schleinitz hatte wieder sehr wenig Appetit gehabt.

Nun, es war kein Wunder, daß ihn in diesem Hause jeder Bissen würgte, denn Vornehmheit und Herzlichkeit hatten ihm das Tor geöffnet, und er war im Namen der Gerechtigkeit hierher gekommen, um zu ergründen, ob der Herr dieses Hauses – ein Mörder sei!

Herr v. Schleinitz, der brandenburgische Gutsbesitzer, war Joseph Müller, der alte Detektiv.

Er hatte einen unerwartet raschen Erfolg zu verzeichnen. Schon der erste Blick auf Eck, der, vom Pferde springend, auf ihn zutrat, hatte ihm gesagt, daß er den vor sich habe, der der letzte gewesen, der in der Schubert brechende Augen gesehen. Ecks Rock war nicht geschlossen, seine Weste und die Uhrkette waren sichtbar gewesen. Diese Uhrkette stellte ein etwa zentimeterbreites Band dar, darin kurze, feine, wie Fragezeichen gewundene Formen und winzige Kügelchen sich befanden. Die hübsche Kette war aus Gold. Es war eine kurze Kette, die man Chatelaine nennt, und an ihr baumelte ein Anhängsel. Es hatte die Form eines Vierblattes. Es bestand ebenfalls aus tiefgelbem, mattem Golde, und auf einem der vier Blätter lag ein Brillant als Tautropfen.

Bis zu dieser, Müller gar nicht mehr überraschenden Entdeckung war alles genau so verlaufen, wie er es sich schon bei seiner Abfahrt von Wien vorgestellt hatte.

Er war in Gesellschaft eines Buches gereist, für dessen Inhalt er vierundzwanzig Stunden vorher noch auffallend wenig Interesse gehabt hatte, den er aber jetzt während der Fahrt fast auswendig lernte, um bei einem etwaigen Gespräch sich keine Blöße in bezug auf die Technik des Schilaufens zu geben. Seine Fahrt währte übrigens nicht lange. Er stieg mit seiner fast leeren Reisetasche schon in Mürzzuschlag aus und begab sich dort in ein Touristenausstattungsgeschäft, das er im Sportanzug eines Schiläufers verließ, um mit dem nächsten, südwärts dampfenden Zug weiter zu fahren. Seine Reisetasche, die seine gewöhnliche Kleidung enthielt, hatte er nach Bruck aufgegeben. Am nächsten Vormittag simulierte er, nachdem er von einem sicheren Versteck aus Ecks Wegritt von Pachern beobachtet hatte, zu rechter Zeit einen Unfall und führte die erste Begegnung mit dem jungen Schloßherrn herbei.

Hätte es sich nicht so gefügt, so wäre Müller eben auf irgend eine andere Weise nach Pachern und mit Alfons v. Eck zusammengekommen. Das alles hatte ihm nicht die geringste Sorge gemacht, das gehörte zu seinem Beruf, zu diesem oft so schwierigen Beruf, der Männer mit scharfen Sinnen und geschultem Denken erfordert.

Nicht aber erfordert er Männer mit warmen Herzen und mit einem Bildungsgrad, der sie befähigt, alles Menschliche zu verstehen. Und weil Müller solch ein Mann war, fing jetzt, da alles wie am Schnürchen ging, da eigentlich nur noch zuzugreifen war, die Schwierigkeit für ihn an.

Denn der, den er verfolgte, dem er mit kaltem Blute nachgespürt hatte, der war ihm gütig entgegengekommen, wie einen Bruder hatte der ihn behandelt.

Ja, jetzt fingen für Müller erst die Schwierigkeiten seines Berufes an, und am liebsten hätte er Pachern wieder fluchtartig verlassen.

Siebzehntes Kapitel.

Den Abend brachte Schleinitz-Müller im Arbeitszimmer des Schloßherrn zu. Das war eines der Turmgelasse und befand sich über dem Gemach, das Eck seinem Gast eingeräumt hatte.

Dieser zeigte so großes Interesse an dem alten Bau, daß es wiederum Eck Freude machte, ihn darin umherzuführen.

Die Ecks hatten auch ihre Begräbnisstätte in ihrem Stammhause. Die Kapelle, die sich im Erdgeschoß befand, zeigte Eck seinem Gast zuerst, und da war eine Bemerkung gefallen, die Eck wie für sich selbst gemacht, die aber seinen Gast verstohlen hatte aufschauen lassen. Es gab da verschiedene Totenschilde und Gruftsteine, und in einer Nische stand ein wunderschön gearbeiteter Sarkophag aus weißem Marmor. Er stellte ein antikes Ruhelager vor, und in Lebensgröße lag die Gestalt einer schlummernden, zarten Frau darauf. Ein süßer Duft, der von dorther kam, hatte Ecks Gast zuerst die Blicke nach dieser Richtung wenden lassen. Auf der Brust der Schlummernden lagen weiße Rosen.

»Das ist ja herrlich!« sagte Schleinitz, sich dem Grabmal zuwendend. »Wer hat hier solche Ideen?«

»Das Grabmal wurde nach Vaters Angaben so gestaltet,« erklärte Eck. »Er hat seine Frau abgöttisch geliebt.«

Warum sagte der junge Mann nicht »meine Mutter«?

»Ich meinte die Blumen.«

»Die Blumen lege natürlich ich hierher – übrigens erst seit ein paar Tagen,« setzte Herr v. Eck sonderbar lächelnd hinzu. »Hätte ich dieses Grabmal immer so behandelt und – freilich anderes hätte ich wieder nicht tun dürfen – ich wäre heute ein glücklicher Mensch.«

Das hatte Eck wie nur zu sich selbst gesagt, dann war er einem Träumer gleich aus der Kapelle gegangen.

Und jetzt, eine Stunde später, saß er in seinem eleganten, traulichen Arbeitszimmer als liebenswürdiger Hausherr seinem Gaste gegenüber und erzählte diesem äußerst angeregt ein Jagdabenteuer, das er in der Herzegowina gehabt.

Dieser hörte ihm nicht minder angeregt zu und dachte dabei: »In einem so lieben Raum kann doch nur ein lieber Mensch wohnen. Wenn ich nicht genau wüßte, daß mein Hirn gesund ist, müßte ich beinahe annehmen, daß eine wüste Täuschung mich umfängt.«

Zur größeren Bequemlichkeit seines Gastes hatte der fürsorgliche Eck in dem Zimmer, in welchem sie sich befanden, decken lassen. Gegen sieben Uhr kam Lisi mit dem Tischzeug herein.

»Legen Sie drei Gedecke auf,« sagte Eck über seine Achsel weg zu dem Mädchen.

Lisi antwortete darauf nicht.

»Haben Sie gehört?« fragte ihr Herr scharf.

»Ja, gnädiger Herr. Und ich soll fragen, ob auch Rotwein zu Tisch kommt oder nur weißer.«

»Mailberger und Refosco.«

Sehr schroff klang das. Ecks Gast sah, wie der braven Lisi die Tränen in die Augen schössen, und dann, wie froh sie plötzlich wieder lächelte.

Ihr Herr hatte nämlich, vermutlich um seine Schroffheit wieder gutzumachen, sie in geradezu lieber Weise um Wasser gebeten.

Wie da das Mädchen flog, und wie ihre Hand zitterte, als sie ihm das Glas, das auf einem silbernen Tellerchen stand, hinhielt!

Er nahm einen Schluck, schaute zu ihr auf und sagte: »Heute früh war ich ja ganz überflüssigerweise heftig. Falls Sie nicht sogleich einen anderen Dienst finden – na, kurzum, ich habe Ihre Kündigung nicht ernst genommen.«

Lisi wurde blaß und rot, öffnete den Mund, schloß ihn wieder und sagte endlich stockend: »Ach – ich gehe doch lieber, gnädiger Herr. Es – es ist besser so.«

Eck redete nichts mehr zu dem Mädchen. Er zuckte nur die Achsein und wandte sich wieder seinem Gaste zu. »Nun, da haben Sie es,« sagte Eck, als sie wieder draußen war. »So sind diese Frauenzimmer! Empfindlich über die Maßen, und die Nase tragen sie höher als unsereiner.«

»Ich finde auch —«

»Nicht wahr?« unterbrach ihn der junge Mann lebhaft.

»Daß es besser ist, wenn das Mädchen geht.«

»Ah so? – Und warum finden Sie das?«

»Haben Sie denn nicht bemerkt, daß das arme Ding in Sie verliebt ist?«

»Nein, das habe ich noch nicht bemerkt. Ich habe überhaupt das Mädchen wenig beachtet. Nicht einmal früher, als ich meine Braut noch nicht kannte. – Also das ist's? Na, da werde ich sie nicht aufhalten.«

»Sie sind ja förmlich entrüstet. Lisi ist doch ein schmuckes Mädchen —«

»Ach, Herr v. Schleinitz, mit der Verliebtheit bin ich fertig, seit ich liebe. Nur ist es merkwürdig —«

»Was denn?«

»Daß ich seit einiger Zeit so trüb gestimmt bin,« sagte Eck nachdenklich.

Müller horchte auf. Das ging ja vortrefflich. Jetzt würde er bald hören, was er hören wollte.

In diesem Augenblick aber wurde der gemeldet, für den das dritte Gedeck aufgelegt worden war. Es war Ecks Förster, ein schon recht alter, gemütlicher Weidmann.

Das Gespräch drehte sich nun meist um Jagd- und Forstangelegenheiten. Es wurde auch erwähnt, daß die neuangelegte Rodelbahn in einem sehr guten Zustande sei, wovon der Förster sich an diesem Nachmittag erst überzeugt hatte.

»Wann werden denn die Herrschaften kommen?« erkundigte er sich.

»Am elften Dezember, also am Dienstag.«

»Und heute ist der achte. Da werde ich also am Montag den Weg zur Rodelbahn kehren lassen müssen?«

»Das hat bis Dienstag vormittag Zeit. Meine Braut schrieb mir, daß Doktor Malten am Morgen noch nicht abkommen könne. Die Gesellschaft wird also erst um ein Uhr dreißig in Bruck anlangen.«

»Also am Dienstag!«

»Die zwei Schlitten und der Break werden ausreichen.«

»So viele kommen? Und der Herr Doktor Malten auch? Das ist ein gar lieber Herr! Der kuriert nicht nur die Kranken, der unterstützt sie auch. Das weiß ich durch unseren Heger. Der hat einmal im Grazer Spital gelegen, zu der Zeit, als Doktor Malten noch Assistenzarzt dort war.«

»Ja, er ist ein guter Mensch,« bestätigte Eck nachdenklich und setzte nach einer Weile hinzu: »Und ein Mann von feinstem Ehrbegriff.«

»Die Frau Gräfin wird auch kommen?«

Eck lachte. »Natürlich!« sagte er heiter. »Die jungen Damen können doch ohne Gardedame nicht zu einem Junggesellen kommen! Übrigens – Sie schwärmen ja für die Gräfin.«

»Tu' ich auch! Die Gräfin ist ein Engel!« »Sie haben ganz recht,« meinte Eck weich.

Der Förster war mit seinen Gedanken schon wieder anderswo. Er sagte: »Aber das Reisig schicke ich schon Montag.«

»Gewiß! Wir haben ja schon angefangen, den Eingang vom Schloß zu schmücken.«

»Die Lisi ist doch ein spaßiges Mädel!«

»Wie kommen Sie denn wieder auf die Lisi?«

»Wie ich vorhin gekommen bin, haben der Kutscher und der Stallbursche gerade das ›Willkommen‹ probiert. Es nimmt sich wirklich hübsch aus. Die Buchstaben aus Schneerosen leuchten ordentlich heraus aus dem dunklen Tannengrün.«

»Ist das nicht ein bißchen zu früh fertig geworden?« fragte Eck. »Werden die Schneerosen nicht welk sein bis Dienstag?«

»O nein, gnädiger Herr, die halten acht Tage aus.«

»Also was ist's mit der Lisi?«

»Na also – die zwei stellen das Riesenschild auf, und die Lisi schaut ihnen zu, da sagt der Kutscher: ›Das gilt doch eigentlich nur unserer künftigen gnädigen Frau.‹ Da fängt das Mädel plötzlich zu heulen an und läuft davon.«

Schleinitz lächelte, Eck sah recht ärgerlich aus.

Der Förster fing glücklicherweise jetzt vom Armenhaus zu reden an, und obwohl Eck abwinkte, kam es doch zutage, daß er für die Ortsarmen eine namhafte Summe gespendet hatte.

»Ich weiß ja, daß der gnädige Herr es nicht gern hat, wenn man von seinem guten Herzen redet,« wendete sich der Förster zu Schleinitz, »und eigentlich brauchte man darüber auch kein Wort zu verlieren. Wenn einer nur acht Tage bei uns in St. Florian ist, weiß er schon, daß jeder unseren gnädigen Herrn gern hat.«

»Jetzt hören Sie aber einmal auf!« mahnte Eck verdrossen.

»Die Kinder laufen ihm auf Schritt und Tritt nach,« redete der Alte weiter. »Ich hab' aber auch mein Leben lang noch keinen anderen jüngeren Mann gekannt, der ein solches Herz für arme Kinder gehabt hätte, wie's unser gnädiger Herr hat.«

»Also gut! Ich hab' halt einmal Interesse für arme, elternlose Kinder. Da kann man nichts machen. Jetzt aber hab' ich auch Hunger und – da kommt ja das Essen. Herr v. Schleinitz, soll ich Ihnen beim Aufstehen helfen?«

»Ich danke. Es geht schon wieder ganz gut. Ich fühle fast keine Schmerzen mehr.«

»Das freut mich. – Ah – Sie, meine Liebe, sind selbst zu uns heraufgestiegen? Warum trägt denn nicht die Lisi auf?«

»Sie ist ja ganz verheult, das dumme Ding,« erklärte die Wirtschafterin. »Ich weiß gar nicht, was sie hat.«

Man aß und rauchte dann und plauderte, und es wurde ein recht gemütlicher Abend.

Es war schon zehn Uhr vorüber, als der Förster ging, und dann auch die beiden Herren einander gute Nacht sagten.

Der Gast des Hauses schlief nicht übermäßig gut. Zu viele Gedanken sind der Nachtruhe nicht förderlich.

Am anderen Morgen beim Frühstück erklärte er, daß er sich wohl genug fühle, um den beabsichtigten Besuch in Laibach machen zu können.

»Wie lange werden Sie dort bleiben?« erkundigte sich Eck.

»Gar nicht lang – und wenn Sie es mir gestatten, hole ich meinen Rucksack und meine Schier auf der Rückfahrt hier ab.«

»Ich hätte Sie so gern Dienstag hier gehabt. Da wird es doch ein bißchen festlich in meiner alten Klause aussehen.«

»Nun, das könnte ich schon einrichten.«

»Das wäre nett! Also – abgemacht! Dienstag sind Sie wieder hier, und dann kann ich hoffentlich noch für eine Weile auf Sie rechnen.«

»Das wird sich finden.«

Eck reichte seinem Gaste die Hand und wunderte sich, daß dieser gar so zögernd die seinige hineinlegte. –

Kurz nach ein Uhr mittags verläßt ein südwärts fahrender Schnellzug die Station Bruck. Mit diesem Zug fuhr Schleinitz-Müller ab. Sein Ziel war übrigens nicht Laibach, sondern Triest.

Auch Eck war vor ein paar Tagen in Triest gewesen, und Lisi hatte dann auf seinem Schreibtisch die Karte eines Goldschmiedes gesehen, dessen Rufname Umberto war. Und an Alfons v. Ecks Uhrkette hing wieder ein Kleeblatt, genau solch ein Kleeblatt, wie Müller eines in seiner Brieftasche bei sich trug.

Es lag also klar auf der Hand, daß der unselige Mann in Triest gewesen war, um dort, wo er vielleicht das ihm abhanden gekommene Anhängsel gekauft hatte, sich genau wieder ein solches zu verschaffen oder sich eines nach genauen Angaben anfertigen zu lassen.

Müller wurde also in Triest kaum etwas Neues erfahren, jedenfalls nichts, das an der schauerlichen Tatsache, daß er die alte Frau Schubert getötet hatte, etwas ändern konnte. Er fuhr auch gar nicht dahin in der Erwartung, etwas Wichtiges zu erfahren, sondern nur, um den schrecklichen Augenblick der Verhaftung noch eine Weile hinauszuschieben.

Er kam erst spät abends in Triest an. Natürlich waren alle Geschäfte geschlossen. Er suchte also sofort das Hotel Balkan auf, in welchem er in Triest stets zu wohnen pflegte.

Der nächste Tag war ein abscheulicher Tag. Die Stadt lag wie ausgestorben. Eine wütende Bora, vom Karst herkommend, peitschte dickes Gewölk vor sich her, das bald eisige Regenschauer, bald schweren, klumpigen Schnee über die Stadt schüttete.

Wer nicht hinaus mußte, der blieb heute sicher daheim.

Das war Müller eben recht, denn so konnte er hoffen, den gesuchten Goldschmied sicher aufzufinden.

Während er den sonst etwa viertelstündigen Weg zum Café Specchi machte, den zurückzulegen er heute eine dreimal so lange Zeit brauchte, hatte er Gelegenheit, die Gewalt der Bora gründlich kennen zu lernen. So oft er an eine auf das Meer zuführende Straße kam, bedurfte er seiner ganzen Kraft, um nicht umgeworfen zu werden. Er fühlte sich wie gerettet, als er endlich, durchfroren und ermüdet von diesem langen Kampf mit dem Orkan, in einem behaglichen Winkel des beliebten Lokales saß.

Und da erwartete ihn eine Überraschung.

Das Wiener Tagblatt, das ein Aufwärter, den Deutschen in ihm erkennend, sogleich vor ihn hinlegte, brachte eine den Fall Schubert betreffende Notiz.

Es war da zu lesen, daß der Nichte der Ermordeten am 4. Dezember abends von unbekannter Hand sechstausend Kronen in Banknoten zugeschickt worden seien. Das Geld war in Steinbrück aufgegeben worden, und es sei nicht ein einziges Begleitwort beigegeben gewesen. Fräulein Lindner habe dies der Behörde gemeldet und das Geld sowohl als auch den Umschlag der Sendung daselbst deponiert. Die Adresse war mit Maschinenschrift geschrieben.

Natürlich zweifelte Müller keinen Augenblick daran, daß Eck auf diese Weise den unfreiwilligen Raub gutgemacht hatte. Er frühstückte rasch, dann ließ er sich das Adreßbuch geben. Er fand in jenem Teil des Buches, in welchem die Gewerbe zusammengestellt sind, sehr bald zwei Männer unter den Goldschmieden heraus, deren Rufname Umberto war. Der eine von ihnen wohnte in der Via della Cattedrale, der andere so ziemlich am östlichsten Ende der Stadt.

Müller notierte sich beide Adressen und stürzte sich abermals in den Kampf mit der Bora.

Zuerst begab er sich in die Via della Cattedrale. Da hörte er, daß Umberto Vanin, der Goldschmied, den er suchte, nicht daheim sei. Der Arme lag wegen eines Beinbruches seit drei Wochen im Krankenhaus. Seine Wohnung war eine so bescheidene, daß nicht anzunehmen war, ihr Inhaber habe viele Goldwaren auf Lager. Müller erkundigte sich dennoch danach, ob Herr Vanin nicht Gehilfen besitze, die in seiner Abwesenheit Aufträge entgegennähmen. Doch es wurde ihm gesagt, daß Vanin allein sein Geschäft versehe.

Müller ging also wieder. Vergeblich schaute er nach einem Mietwagen aus. Die wenigen Leute, denen er begegnete, drückten sich gleich ihm an die Häuser und mußten immer wieder nach einem Halt suchen, um nicht umgerissen zu werden.

Schlimmer wurde es noch, als Müller auf die Riva dei Pescatori hinaus mußte. Seraja, der zweite der Triester Goldschmiede, welche den Rufnamen Umberto führten, wohnte in einem der letzten Häuser dieser Straße, die am Hafen liegt.

Da waren, wie stets bei Borastürmen, Ketten gespannt, an denen sich die Leute forthalfen. Auch Müller mußte dieses Hilfsmittel gebrauchen, um zu Serajas Haus gelangen zu können.

Und wieder hatte er kein Glück. Seraja war verreist. Seine Heimkunft wurde indessen für heute abend erwartet.

Müller verbrachte einen recht wenig angenehmen Tag und war froh, als es endlich dunkel wurde. Zu der ihm bezeichneten Stunde fand er sich pünktlich bei dem Goldschmied ein.

Seraja war soeben heimgekommen. Müller wies ihm das in der Hand der Schubert gefundene Vierblatt vor.

»O, ist es gebrochen? So schnell? Wie hat das nur sein können?« fragte der lebhafte Italiener. Er bediente sich seiner Muttersprache, denn Müller hatte ihn italienisch angesprochen.

Der Mann nahm das Vierblatt in die Hand, und kaum hatte er es besichtigt, da rief er schon: »Das ist ja gar nicht das Stück, das ich letzthin so eilig herstellen mußte. Es hat ja einen glatten Stiel.«

»Wann haben Sie kürzlich ein ähnliches herstellen müssen?« leitete der alte Detektiv seine Nachforschungen ein.

»Am 2. Dezember abends ist ein Herr zu mir gekommen, um nach solch einem Vierblatt zu fragen. Ich habe den Herrn sogleich wiedererkannt.«

»Wissen Sie seinen Namen?«

»Nein.«

»Woher wissen Sie, daß gerade dieses Kleeblatt bei Ihnen gekauft wurde?« fragte Müller.

Seraja holte eine Lupe und legte sie und das Kleeblatt vor seinen Besucher hin. »Sehen Sie genau hin. Ihre Augen sind vielleicht nicht so scharf wie die meinen, Sie werden aber doch mein Zeichen auf dem Rest des Stieles finden. Ein winziges *S* ist's, ich bringe es unauffällig an jedem Stück an, das aus meinem Atelier hervorgeht.«

Der Mann war überaus lebhaft, aber die letzten Worte hatte er sehr langsam gesprochen, und er sah seinen Besucher plötzlich recht mißtrauisch an.

»Wer sind Sie eigentlich?« fragte er dann.

Müller zeigte ihm seine Legitimation. »Sie sehen, daß ich nachzuforschen berechtigt bin.«

»Was hat aber dieses Kleeblatt –«

»Beide Kleeblätter!«

»Also was haben beide Kleeblätter mit Ihren Fragen zu tun?«

»Lesen Sie Wiener Zeitungen?«

»Nein.«

»Haben die Triester Blätter nichts von der Ermordung einer Frau gebracht, bei der ein Vierblatt gefunden wurde?«

»Ich habe nichts gelesen.«

»Dieses Vierblatt wurde gefunden.«

»Himmel – und ich bin also in diesen Fall verwickelt?«

Müller lächelte über des nervösen Mannes Aufregung. »Sie brauchen nichts zu fürchten. Mit der Beantwortung einiger Fragen ist die Sache für Sie abgetan.«

»Na, dann fragen Sie.«

»Also am 2. Dezember, spät abends, kam ein Ihnen schon bekannter Herr hierher?«

»Bekannt war mir der Herr, weil er – im letzten Sommer war es – dieses Kleeblatt hier bei mir gekauft hat.«

»Und Sie haben ihn wiedererkannt?«

»Er ist ein auffallend schöner Mensch. Er kam heute vor acht Tagen und verlangte wieder solch ein Kleeblatt. Ich konnte mich noch gut entsinnen, was ich ihm verkauft hatte, auch hatte er mir den Preis genannt – zweihundertfünfzig Kronen. Es ist nicht teuer. Der Diamant ist ungewöhnlich feurig. Er sagte, daß er sein Vierblatt verloren habe und ein genau solches wieder haben wolle. Ich hätte es ihm gleich sagen können, daß ich genau dasselbe Muster derzeit nicht auf Lager habe, aber ich sagte nichts, ich wollte doch ein Geschäft machen und nahm an, daß der Herr auch ein anderes kaufen werde. Allein er ließ sich auf nichts ein.«

»War er aufgeregt?«

»Als er kam, war er's nicht. Aber er ärgerte sich offenbar, als er sah, daß ich seinen Wunsch nicht ganz befriedigen konnte. Ich fragte, ob ich nicht zu anderen Juwelieren schicken solle, vielleicht könne ich ihm ein genau solches Kleeblatt verschaffen, aber das wollte er nicht. Ich selbst mußte eines anfertigen. Dienstag abend konnte ich es ihm abliefern.«

»Hat er es sich selbst geholt?«

»Ja.«

»War er inzwischen wiederholt bei Ihnen?«

»Nein.«

»Also hat er keine große Ungeduld verraten?«

»Nein. Als ich ihn bei der Übergabe des Vierblattes wiedersah, merkte ich ihm keine Ungeduld an. – Jetzt wundere ich mich darüber,« fügte Seraja hinzu, »denn er hat natürlich wieder
genau solch ein Kleeblatt haben müssen, damit man auf das Fehlen des anderen nicht aufmerksam werde.«

»Sehr richtig!« sagte Müller, erhob sich, dankte dem Goldschmied für die gegebene Auskunft
und ging.

Der Sturm hatte sich inzwischen etwas gelegt. Man konnte ohne Gefahr seines Weges gehen.

Bis nach Servola ging er in der Dunkelheit spazieren und kehrte erst um, als seine Uhr ihm
sagte, daß es bald Zeit zur Abreise sei. Um halb zwölf Uhr ging ein Personenzug nach Norden
ab.

Mit diesem fuhr Müller.

Personenzüge waren sonst nicht sein Fall. Diesmal hatte er jedoch einen Grund, gerade diesen
Personenzug zu benützen, denn mit demselben Zug würde morgen auch die Rodelgesellschaft
in Bruck ankommen.

Müller wußte also, daß er von Graz aus mit den Herrschaften fahren werde.

Simonettas Photographie, die auf Ecks Schreibtisch stand, hatte Müller sich gut angesehen.
Er würde die junge Dame also sofort erkennen.

Noch mehr interessierte ihn eigentlich ihre Tante, die ja auch bei der Gesellschaft sein würde,
die Dame, an welche die Schubert am jüngst vergangenen 19. Oktober geschrieben hatte: »Es
drängt mich, bevor es zu spät dazu ist, noch einmal von der peinlichen Sache –«. Das hatte ja
Müller bewogen, nach Graz fahren und sich der Gräfin Vivaldi nähern zu wollen. Sein Kollege
hatte ihm aber telegraphiert, daß man so schnell nicht zu ihr gelangen könne, und hatte in
seinem gleichzeitig mit dem Telegramm abgesandten Brief berichtet, daß es überhaupt ziemlich
schwierig sei, einen Weg in dieses hochvornehme Haus zu finden.

Daraufhin war Müller zuerst nach Pachern gegangen.

Die vielen Briefe, welche von dort aus an die Schubert abgesandt worden waren, deuteten ja
auf ein Geheimnis hin, das den verstorbenen Herrn dieses Gutes mit seiner einstigen Dienerin
verband.

Und von einer »peinlichen Sache« schrieb die Schubert an die Gräfin: bevor es »zu spät« zu
irgend etwas sei. – Wozu zu spät? – Vielleicht um die Baronesse freizumachen von einer Verbindung, die sie später bereuen mußte? Warum hatte die Schubert sterben müssen? Hatte sie
damals wirklich der Gräfin geschrieben? Und was? Und wen hatte sie damit geschädigt? Den
vielleicht, der ihr das Leben genommen? Warum war der zu ihr gekommen? Wohl kaum mit
der Absicht zu morden, denn er hatte ja keine Waffe bei sich. Hätte er sonst das Tischmesser
benützt? Und um sich zu bereichern, war der Betreffende auch nicht zu der alten Frau gekommen. Die silbernen Bestecke hatte er ja nur zum Schein mitgenommen. Und ihre Wertpapiere?
Waren die nicht etwa bei den Briefen, deren Umschläge in Friebels Händen sich befanden?
In solcher Verfassung sortiert man nicht lange. Das Geld war ja nun auch bereits in anderer
Form wieder zurückgekommen. Es handelte sich also hier nicht um einen Raubmord, auch
nicht um einen Diebstahl aus Habsucht! – Könnte die Gräfin Vivaldi vielleicht aussagen, was
eigentlich das Band zwischen Hans v. Eck und der Schubert war? Hätte sie sagen können, wie
die Schubert und Alfons v. Eck zueinander standen?

Müller hatte also allen Grund, sehr begierig zu sein, die Gräfin kennen zu lernen. Deshalb
fuhr er mit diesem Personenzug, und deshalb fuhr er diesmal sogar erster Klasse.

Achtzehntes Kapitel

Bisher hatte der alte Detektiv zumeist ein Gefühl großer Befriedigung gehabt, wenn er einem Verbrecher dicht an die Fersen rückte, und wenn es so weit war, hatte es ihn zumeist gar sehr gedrängt, den Schlußakt des Dramas herbeizuführen.

Heute fühlte er nichts von einem solchen Drange in sich. Heute hätte er lieber diesen Schlußakt noch weit hinausgeschoben.

Der Zug aber rollte weiter und immer weiter und brachte ihn seinem Ziel unaufhaltsam näher. Müller fand wenig Schlaf, so bedrängten ihn die Gedanken.

»Ruhig also war Eck gewesen, gar nicht ungeduldig, trotzdem er zwei volle Tage auf das für ihn so wichtige Kleeblatt warten mußte!« dachte Müller wieder und wieder.

Und er sah Eck vor sich als den liebenswürdigen, zuweilen sogar heiteren Wirt, der er ihm gewesen war, der ihn, den ihm Fremden, ohne weiteres in sein Haus geladen und ihm so viele Aufmerksamkeiten erwiesen. Im Verlaufe seiner Anwesenheit in Pachern hatte Eck nicht einen Augenblick verraten, daß seine Seele übermäßig schwer bedrückt sei. Ein wenig verstimmt, zerstreut und hie und da melancholisch, das war Eck gewesen, aber wer ist das nicht zuweilen? Und wie beliebt, wie hochgeachtet er war, das hatten des Försters Reden genügend erwiesen.

Müller konnte nicht fertig werden mit all diesen Gedanken, die sich ihm aufdrängten, mit all den Fragen, die er sich, ohne eine Antwort zu finden, selber stellte.

Der Zug war nur schwach besetzt. Zwischen Triest und Laibach befand sich Müller überhaupt allein in seinem Abteil. Von da ab fuhr ein Oberst mit ihm bis Marburg. Als dieser ausgestiegen war, redete Müller mit dem Schaffner, und daraufhin blieb er bis Graz wieder allein.

Von dort an befand er sich aber in großer Gesellschaft. Es drängten sich da mindestens vierzehn Personen, die offenbar alle den besten Kreisen angehörten, mit ihren Schlitten in die wenigen Abteile erster Klasse. Es war, als sei ein Bienenschwarm hereingeflogen. Unter den Eingestiegenen befand sich nur eine einzige ältere Dame, alle anderen waren noch in den Jahren, in denen der Übermut so leicht obenauf kommt. Zwei Diener, die zu der Rodlergesellschaft gehörten, wurden in einem Wagen dritter Klasse untergebracht.

Es war kein Zufall, daß Gräfin Vivaldi Müller gegenüber zu sitzen kam. Er hatte dies durch den Schaffner bewerkstelligen lassen.

Noch interessanter wäre ihm Simonettas Nähe gewesen, aber diese junge Dame hatte sich, der Anweisung des Schaffners entgegen, in das Nachbarabteil gesetzt.

Die Fahrt von Graz nach Bruck dauert etwa eine Stunde. Sie verging allen wie im Fluge, den jungen Leuten, weil sie lebhaft plauderten, Müller, weil er diesem Plaudern aufmerksam zuhörte und sein Gegenüber studierte. Einmal war er während der Fahrt in den Korridor hinausgetreten. Er hatte sehen wollen, zu wem Simonetta sich gesellt hatte.

Sie redete sichtlich erregt mit einem in den Dreißigern stehenden stattlichen Herrn. Der Mann gefiel Müller, gefiel ihm weit besser als die übrigen jüngeren Herren.

Auch Simonetta mußte seine Gesellschaft der sämtlicher anderen hier Anwesenden vorziehen, sonst hätte sie sich gewiß nicht nur mit ihm allein befaßt.

Als Müller sich wieder auf seinen Platz begab, kam er an zwei der jungen Damen vorbei, die, im Korridor stehend, die Köpfe zusammensteckten. Gerade als er vorbeiging, sagte die eine: »Was nur Simonetta hat? Sie ist wie umgewandelt. Vorhin war sie dem Weinen nahe, und jetzt ist sie die Vergnügteste von uns allen!«

»Ach, laß sie,« antwortete die andere junge Dame. »Sie und Malten werden halt wieder einmal miteinander streiten. Die müssen ja immer beieinander hocken!«

»Also dieser Herr ist der Doktor Malten,« dachte Müller; als er sich auf seinem Platz niederließ.

Simonetta und Malten waren in der Tat nicht zufällig zusammengekommen. Die Baronesse hatte ihn sofort an ihre Seite gewinkt, als sie eingestiegen war, und Malten war dem Befehl durchaus nicht ungern gefolgt. Er war seiner ja ganz sicher, weshalb hätte er sich also das Vergnügen versagen sollen, mit der heimlich Geliebten zu plaudern?

Sie redeten denn auch ganz in der gewohnten lustigen Weise miteinander und waren bald in einen ihrer Wortkämpfe verwickelt, die seitens des temperamentvollen Mädchens nicht immer stachellos blieben, bei denen aber den Doktor seine Ruhe und sein Humor nie verließen.

»Ich würde an Ihrer Stelle gewisse Patienten gar nicht behandeln,« sagte sie eben sehr bestimmt.

Er lachte zuerst, dann wurde er aber rasch ernst. »Sie denken dabei an meine Armenpraxis,« entgegnete er mit einer gewissen Schärfe. »Aber gerade die Armen brauchen mich am notwendigsten.«

Simonetta schaute ihn einigermaßen erschrocken an. »Ich fürchte, Doktor, Sie halten mich für vollkommen herzlos, weil ich ein paarmal so dummes Zeug redete. Aber Sie irren sich diesmal. Ich dachte an ganz andere Patienten.«

»Zum Beispiel?«

»Zum Beispiel an Frau v. Turzky und an die Elmau. Diese zwei —«

»Nun? Was ist mit ihnen?«

»Die eine schminkt sich, und die andere ist eine Theaterprinzessin,« fuhr es Simonetta heraus.

»Ist das für mich ein Grund, die Damen nicht zu behandeln?«

»Es ist doch keine von ihnen wirklich krank!«

»Wie genau Sie das wissen!«

»Sie wollen sich nur interessant machen.«

»Mit Stockschnupfen die eine und die andere mit Magenkrämpfen! Es ist richtig, Baronesse, das macht unbeschreiblich interessant!«

»Jedenfalls braucht man deswegen keinen Arzt. Unsere selige Theres hat dafür genug Mittel gehabt.«

»Ich weiß zwar, daß alte Frauen uns Ärzten oft Konkurrenz machen und daß —«

»Daß junge Frauen sich oft interessanten Ärzten anvertrauen.«

»Geht das auf mich?«

»Doktor, Sie sind wieder einmal unausstehlich.«

»Das ist bloß Ihre Meinung, Baronesse.«

»Die Turzky und die Elmau meinen es freilich nicht.«

»Lassen Sie doch diese beiden in Ruhe! Frau v. Turzky tut ganz recht daran, sich zu schminken, sie leugnet es ja auch gar nicht, denn —«

»Denn?«

»Sie gesteht selbst ganz ungeniert ein, daß sie einen recht unvorteilhaften Teint besitzt.«

»Sie sagt das selbst?«

»Gewiß. Die Frau ist sehr gescheit.«

»Freilich ist sie sehr gescheit! Sie spekuliert doch auf Sie!«

»Auf mich?«

»Die Baronin Plessen hat es erst gestern der Tante gesagt. Und daß die Elmau dasselbe tut, weiß schon die ganze Stadt.«

»Nur ich weiß nichts davon. Und ich kann Ihnen sagen, Baronesse, daß die beiden Damen nach dieser Richtung hin mit keinem Gedanken an mich denken. Das muß ich doch wohl am besten wissen.«

»Sie sind nur zu vornehm, es zuzugeben.«

»Ein Geck müßte ich sein, wenn ich diesen Gerüchten nicht energisch entgegentreten würde. Übrigens wird man ja bald solchen Unsinn nicht mehr reden können.«

»Warum nicht?«

»Weil ich vom ersten Mai an nicht mehr in Graz sein werde.«

»Was sagen Sie?« rief die Baronesse, und ihr Gesicht wurde bleich, ihre Lippen zitterten.

Malten erhob sich langsam. Ihm ist das Blut zu Kopfe gestiegen, seine Augen leuchten.

Aber nur wenige Sekunden war er so ganz überrascht, so ganz hingerissen von der Erkenntnis des Ungeahnten. Rasch meisterte er sich. An das Fenster tretend, schaute er eine Weile angelegentlich auf das glitzernde Land hinaus, und alsdann begann er, noch immer von Simonetta halb abgewendet, zu reden.

»Ich habe erfahren, daß man zur Leitung eines staatlichen Sanatoriums in Salzburg einen Direktor sucht, und da mir eine derartige Stellung sehr zusagt, habe ich mich um sie beworben.«

Verstohlen richtete er jetzt einen Blick nach Simonetta hin. Jetzt war ihre Blässe plötzlich verschwunden, mächtig war jetzt auch ihr das Blut ins Gesicht gestiegen, Leid und Scham raubten ihr offenbar beinahe die Fassung.

Ein bitteres Empfinden wallte in ihm auf. Hat sie es nicht früher gewußt, daß er ihr so viel ist, daß Todesschrecken über sie kommt, weil er von ihr geht? Ist sie so oberflächlich, daß sie nicht weiß, wie es in den Tiefen ihrer Seele aussieht, oder so abhängig von ihren Spekulationen, daß sie trotzdem Ecks Braut wurde?

Einen Augenblick lang haßte er Simonetta beinahe, dann aber erkannte er, daß er sie nur zu bemitleiden brauchte.

Und so redete er weiter, damit sie Zeit gewinne, sich zu fassen. Er hat sich ja in der Gewalt, dieser Mann von so festem Willen und von so feinem Empfinden.

Es klang schließlich ganz gemütlich, was er über seine Zukunftspläne äußerte.

Die Baronesse hatte sich inzwischen gefaßt. Aber sie wußte es sicher, daß Malten die Ursache ihres Erschreckens durchschaute, daß auch er sie liebte, wie sie ihn. Wie seine Augen leuchteten! Wie ihm das Blut in das Gesicht schoß! Das würde sie nie vergessen.

Sie erhebt trotzig den Kopf und sagt heftig: »Malten, Sie werden diese Stelle nicht annehmen! Sie sind hier doch auch nötig! Und Ihre Mutter befindet sich hier so wohl!«

»Woher wissen Sie das?« fragt der Doktor, ihr lächelnd in die Augen schauend.

Da flammt ihr hübsches Gesicht wieder, und sie senkt den Blick und wischt voll Verlegenheit von ihrer neben ihr liegenden Pelzjacke irgend etwas weg, das gar nicht zu sehen war.

»Das hat mir recht wohl getan,« sagt er scheinbar ohne irgend einen Zusammenhang, aber Simonetta weiß genau, was er meint. »Namentlich die Widmung, die Sie Ihrem überreichen Geschenke mitgaben. Ja, jene Frauen, die viel arbeiten müssen, die sich nichts gönnen, und die sich nicht schonen können, die bedürfen sehr der Unterstützung. Daß Sie solchen Frauen Gutes tun – das, Baronesse, freut mich innig.«

»Sie selbst haben mir doch erst die Augen geöffnet!«

»Das tut nichts zur Sache.«

»O doch. Wenn ich je einmal etwas Richtiges tat, waren Sie der geistige Urheber davon. Sie sehen, ich brauche solch einen Führer.«

»Ihr Gatte wird Ihnen ein solcher sein. Er ist ein selten guter Mensch, so ziemlich der vornehmst denkende Mann den ich kenne. Sie werden nicht nur sehr glücklich, Sie werden auch sehr gut in dieser Ehe werden.«

»Ich bin also noch nicht gut?« fragte Simonetta scheu aufblickend.

»Doch,« antwortete Malten freundlich. »Sie sind schon gut, aber eine Steigerung dieser Eigenschaft ist immerhin noch möglich.«

Simonetta preßte die Lippen aufeinander. »Sie geben also jene Idee nicht auf?« fragte sie nach einer Weile ganz leise.

Malten antwortete ernst: »Jetzt ganz gewiß nicht mehr.«

Eine von Simonettas Freundinnen kam an dem Abteil vorüber. Er rief sie herein und plauderte so heiter mit ihr, als ob nicht eben so Ernstes hier vorgegangen sei.

»Was ist denn mit Simonetta, Doktor? Hat sie sich wieder mit Ihnen gezankt?« fragte die junge Dame, auf die Baronesse weisend, die auffallend wenig an dem Geplauder teilgenommen hatte.

Malten schüttelte den Kopf. »O nein, gnädiges Fräulein,« sagte er, »die Baronesse und ich sind die besten Freunde und stimmen gerade heute in allem Wichtigen durchaus überein. – Es ist doch so, Baronesse?«

»Ja – Herr Doktor – es ist so. Ich bin mit allem einverstanden.«

Simonetta hielt ihm die Hand hin, und er küßte diese Hand, die leise zitterte.

Die Freundin der Baronesse wunderte sich ein wenig über die Feierlichkeit des Doktors. Glücklicherweise entging es ihr, daß Simonettas Augen plötzlich in Tränen standen, und daß der Doktor auffallend blaß war, als er auf den Korridor hinaustrat.

Die junge Dame hatte keine Ahnung davon, daß hier soeben zwei einen wehevollen Abschied gefeiert haben.

Einer der jungen Herren der Gesellschaft, der neben Müller saß, sagte: »Wissen Sie es schon, Gräfin, daß Doktor Malten uns verlassen wird?«

Gräfin Vivaldi sah ihn erschrocken an. »Was sagen Sie da? Ich hoffe, ich habe Sie nicht richtig verstanden.«

»Doch, Gräfin, Sie verstanden ganz richtig. Schon Ihr Erschrecken beweist es. Ich habe die wirklich nicht angenehme Neuigkeit heute bei meiner Base Turzky erfahren. Sie ist über Maltens Entschluß auch völlig außer sich.«

»Wenn ich richtig hörte, so spricht man hier von mir,« sagte Malten nähertretend.

Die Gräfin sah zu ihm auf. »Lieber Doktor,« fing sie an, »da gehen Gerüchte über Sie, die mir gar nicht recht sind. Es ist doch hoffentlich nicht wahr, daß Sie Graz verlassen wollen?«

»Handelt es sich darum? Nun, Gräfin, das ist kein Gerücht, das ist Tatsache.«

»Also wirklich? Was haben wir Ihnen denn getan?«

»Verwöhnt haben wir ihn,« warf eine junge Frau, die lustige Gattin eines hohen Justizbeamten, ein.

»Und da der Doktor Zuckerwerk nicht liebt, dreht er uns einfach den Rücken.«

»Aber mein Herz bleibt hier, Gnädigste,« scherzte Malten. »Im übrigen haben Sie recht. Es ist mir hier zu gut gegangen, und das vertrage ich fernerhin nicht.«

»Scherzen Sie nicht. Malten. Sagen Sie es uns ernsthaft, warum Sie gehen,« bat die Gräfin. »Sie haben sich das ja sicherlich wohl überlegt, und somit haben Sie einen triftigen Grund dafür.«

»Den habe ich.«

Warum brach bei diesen Worten ein Blitz aus seinen Augen? Warum lächelte er so froh? Oder war das Täuschung?

Maltens Gesicht war schon wieder ruhig, und gelassen erklärte er, daß er schon lange nach einer derartigen Anstellung trachtete, sich um eine solche beworben und sie erhalten habe.

»Wo werden Sie also künftig leben?«

»In Salzburg.«

»Na, wenigstens auch in einem schönen Ort,« meinte eine reizende kleine Blondine. Sie war nicht mehr ganz jung und hatte schon drei Verlobungen hinter sich. »Was sagt denn aber Fräulein Elmau dazu?«

»Sie hat heute vormittag die Nachricht mit großer Fassung entgegengenommen,« erwiderte der Doktor. »Sie bedauert nur eines dabei.«

»Nun?«

»Daß ich nicht ihr Trauzeuge sein kann.«

»Ah – sie heiratet?«

»Und zwar wirklich einen anderen, Gnädige! Und da erst im Juni ihre Hochzeit stattfinden wird, ich aber schon am ersten Mai –«

»So bald schon?« fällt die Gräfin ihm in die Rede.

»Da werden Sie also auch nicht bei Simonettas Trauung sein, denn die ist für den 10. Mai angesetzt.«

»Nein, bei dieser Hochzeit kann ich auch nicht sein,« erwidert Malten, und – wenigstens Müller meint so – seine Stimme klingt wirklich belegt. »Aber da sind wir ja schon am Ziele. Meine Damen, beeilen Sie sich! – Gräfin, erlauben Sie?«

Malten war so beschäftigt, sich nützlich zu machen, daß er es gar nicht wahrnahm, daß Simonetta schon ausgestiegen war.

Müller beeilte sich ebenfalls nicht. Er beobachtete, im Korridor stehend, wie Simonetta dem auf dem Bahnsteig stehenden Eck entgegeneilte und ihm beide Hände entgegenstreckte.

Als letzter der Rodlergesellschaft verließ Doktor Malten den Wagen, und erst nach ihm stieg Müller aus. Er hielt sich so lange abseits, bis Eck mit seinen Gästen die Station verlassen hatte. Erst als die Schlitten und der Break weggefahren waren, betrat Müller den Platz, der sich hinter dem Brucker Stationsgebäude befindet.

Er schaute Eck nach, der zu Pferd war und neben dem ersten Schlitten herritt, in dem nebst zwei anderen Damen Gräfin Vivaldi und seine Braut sahen.

Müller hatte seine Reisetasche beim Bahnhofportier zurückgelassen und machte sich nun auf den Weg nach Pachern. Er hatte schon, bevor er seine Fahrt nach Triest antrat, seine Sportkleidung mit dem Anzuge vertauscht, den er sonst zu tragen pflegte. So war er also wieder der feine ältliche Herr, der er in Wirklichkeit war.

Er schritt rüstig dahin.

Als er die hübsche Stadt hinter sich gelassen hatte und in die freie Landschaft hinauskam, hörte er rasche Schritte hinter sich.

»Nun, Sie machen auch lieber eine Promenade?« fragte die freundliche, klangvolle Stimme des Doktors.

Die beiden Herren begrüßten sich kurz.

»Ja, mein Herr Reisegefährte, auch ich gehe gern,« sagte Müller. »Aber es wundert mich, daß Sie nicht bei Ihrer Gesellschaft geblieben sind. Nach Pachern ist es doch ziemlich weit!«

»Sie wissen schon, daß wir dorthin wollen? Und Sie kennen Pachern?«

»Die Herrschaften erwähnten im Gespräche ihr Ziel, das auch das meinige ist.«

»Sie gehen auch nach Pachern? Da muß aber nun ich mich wundern, daß Sie nicht mitgefahren sind.«

»Ich wollte mich der mir fremden Gesellschaft nicht aufdrängen. Deshalb habe ich mich ja auch den Damen nicht vorgestellt, obwohl ich wußte, daß wir in Pachern zusammen sein werden.«

»Doktor Malten,« sagte jetzt der Jüngere, noch einmal den Hut lüftend.

»v. Schleinitz,« stellte Müller sich vor. »Ich habe mich mit den Herrschaften auch deshalb nicht bekannt gemacht, weil ich über manches nachzudenken habe und diesen Weg lieber zu Fuß machen wollte.«

»Das ist auch der Grund, weshalb ich auf das Mitfahren verzichtete.«

»Man hat schon solche Zeiten,« warf Müller ein.

Da blieb Malten stehen, breitete die Arme weit aus und wandte das Gesicht zum Himmel empor. »Ob man solche Zeiten hat!« rief er aus. »Die Brust wird einem zu eng. Die ganze Welt möchte man ans Herz pressen und doch —« er ließ die Arme sinken, schöpfte tief Atem und schaute seinen Weggenossen wehmütig an. »Und warum dies alles? Warum dieser ganze Seligkeitsrummel? Weil man einen Farbenwechsel bemerkt hat, weil ein paar zitternde Worte gefallen sind, weil —«

»Das haben Sie erlebt?« sagte Müller gedankenvoll.

Da schaute der Doktor ihn scharf an, wandte das plötzlich rotgewordene Gesicht ab und warf nach einer Weile hin: »Ja — vor einiger Zeit habe ich so etwas erlebt. Es wirkt eben noch in mir nach.«

»Gewiß, manches wirkt lange in uns nach,« gab Müller zu und lenkte das Gespräch auf andere Dinge.

»Sie wollen also eine Rodelpartie machen?« fragte er.

»Und Sie? — Sie treiben wohl keinen Sport mehr?« nahm Malten das neue Thema gern auf.

»O doch! Kürzlich erst habe ich einen kleinen Unfall mit meinen Schneeschuhen gehabt und habe auf diese Weise die Bekanntschaft des Herrn v. Eck gemacht.«

»Wo denn?«

»Ich war vor wenigen Tagen erst sein Gast, machte inzwischen eine kleine Reise und werde wieder von ihm erwartet. Wir haben merkwürdig schnell Gefallen aneinander gefunden.«

»Daran finde ich nichts Merkwürdiges,« meinte der Doktor. »Eck ist ein sehr lieber Mensch, und da er auch sehr klug ist, findet er bald heraus, wer zu ihm paßt. Wehren Sie nur nicht ab, Herr v. Schleinitz, es ist schon so, wie ich sage. Und ich bin froh, wenn Pachern liebe Gäste hat, denn Eck braucht das. Er neigt, seit er das wilde Leben hinter sich ließ, gar zu sehr zur Melancholie.«

»Das habe ich in der Tat bemerkt. Also er hat einmal ein wildes Leben geführt?«

»Ja, als er noch jünger war. Du lieber Himmel! In stillen Garnisonen geht es oft recht sonderbar her, und im Champagnerdusel tut so mancher etwas, was er nicht leicht verantworten kann. Alfons v. Eck gehört trotz allem schon seit Jahren zu den nicht gar vielen, vor denen man den Hut ziehen muß. Übrigens sind wir jetzt ganz in der Nähe der Schlittenbahn. Die Herrschaften werden sich inzwischen umgekleidet und das Fahren schon begonnen haben. In Pachern fänden wir wohl nur die Gräfin Vivaldi. Wollen wir nicht gleich lieber zur Gesellschaft gehen?«

Schleinitz-Müller war damit einverstanden. Man ließ also das Schloß rechter Hand liegen und ging auf einem Seitenwege weiter, der gegen den Wald hin führte.

Als die beiden Herren den Wald erreicht hatten, kamen bereits etliche Schlitten die Bahn herabgesaust, und die lustigen Fahrer landeten unter Lachen und Scherzen ganz in ihrer Nähe.

Müller wäre am liebsten unten am Ziele geblieben, da aber Malten mit einer gewissen Hast dem Startplatze zustrebte, folgte er dem Doktor, der ihn sehr zu interessieren begann. Der Aufstieg fand außerhalb des Waldes auf kurzem, steilem Wege statt, während die Rodelbahn im Walde verschiedene weite Windungen machte.

Als die beiden Herren den Startplatz erreicht hatten, ließ sich Malten, der Eck schon auf dem Bahnhofe begrüßt hatte, sogleich einen Schlitten geben und entnahm seinem Rucksack, der auch heraufgebracht worden war, eine Mütze und Fäustlinge.

Inzwischen war Eck mit liebenswürdiger Lebhaftigkeit auf seinen wiedereingetroffenen Gast zugetreten und hatte ihn begrüßt. »Also sind Sie doch gekommen!« sagte er erfreut. »Und zwar zu rechter Zeit, da Sie ja meine Bahn im Betriebe sehen wollten. Die Herrschaften wollen schon heute mit dem letzten Zug heimfahren.«

»Das heißt, Simonetta ist eigensinnig und will nicht über Nacht hier bleiben,« verbesserte ihn die verbitterte Blonde, die eben sich zur Abfahrt anschickte, in vollem Ärger. »Sie behauptet, daß sie Kopfweh habe.«

»Sie behauptet es nicht nur. Gnädige,« entschuldigte Eck seine Braut, »Sie brauchen Simonetta ja nur anzusehen, um zu erkennen, daß sie sich wirklich nicht wohl fühlt. Übrigens steht Ihnen allen mein Haus offen, wenn auch –«

»Oh, wir fahren schon mit ihr!« erwiderte die Dame und sauste gleich danach die breite Waldstraße hinunter.

Eck zuckte die Achseln, dann fragte er seinen Gast:

»Nun, Ihr Unwohlsein, Herr v. Schleinitz, wird hoffentlich vorüber sein?«

»Gewiß – der Hexenschuß ist vorüber.«

»Also brauchen Sie unseren Doktor hier nicht in Anspruch zu nehmen. Das freut mich, denn da können wir morgen, da wir ganz gegen alles Erwarten allein sein werden, einen Pirschgang machen. Sie sind doch Jäger?«

»Ja – ich bin Jäger.«

Malten horchte auf. »Das klang merkwürdig unfroh,« dachte er.

Eck aber hatte nicht darauf geachtet, hatte sich zu dem Doktor gewendet und meinte: »Es wird bei Simonetta doch hoffentlich keine Krankheit ausbrechen? Sie macht mir Sorge. Gar nicht wie sonst ist sie – so einsilbig, so verstimmt. Und dazu dieses Kopfweh! Haben Sie das alles nicht schon unterwegs bemerkt?«

»Doch. Die Baronesse war schon während der Bahnfahrt nicht wie sonst,« gab Malten zur Antwort. »Wo ist sie jetzt?«

»Sie muß eben unten am Ziel sein. Mich wundert es nur, daß sie rodeln mag. Aber gerade heute ist sie wie toll. Sie hofft ihren Kopfschmerz dabei loszuwerden. – Ah, da kommt sie ja eben mit dem Baron Sennfeld! Dort bei den Birken sind sie jetzt.«

Die drei Herren schauten den beiden entgegen. Es waren ein paar kräftige Gestalten. Sennfeld groß und ein wenig derb, sie schlank und geschmeidig und im Hosendreß der richtigen Rodlerin.

»Ich bitt' Sie, Doktor, fahren Sie vor ihr. Der Sennfeld ist ein Wagehals.«

»Weshalb wollen Sie nicht selbst mit Ihrer Braut fahren?«

»Ich habe heute keine Lust dazu.«

»Sie sehen auch nicht gut aus,« sagte Malten, Eck prüfend betrachtend. »Mit Ihnen ist etwas los. Haben Sie vielleicht die Absicht, krank zu werden?«

»Die Absicht gewiß nicht,« entgegnete Eck mit einem müden Lächeln. »Und überhaupt werde ich nicht krank werden, weil ich nicht will.«

Das müde Lächeln hatte einem Ausdruck von Trotz Platz gemacht. Aber auch dieser verschwand rasch wieder, denn Simonetta war schon ganz nahe, und Eck ging ihr rasch entgegen.

»Du glühst ja förmlich,« rief er besorgt, »und dein Mantel ist nicht geschlossen! Herz, sei doch nicht so unvorsichtig! – Sennfeld, Sie hätten ihr sagen müssen –«

»Was denn? Daß ich mich wie eine alte Frau einpacken soll?« warf die Baronesse ärgerlich hin.

»Sie sind mehr ein eigenwilliges Kind,« sagte Malten trocken. »Aber hoffentlich werden Sie trotzdem einsehen, daß Sie, erhitzt wie Sie jetzt sind, im Freien nicht stehen bleiben dürfen. Entweder treten Sie in die Hütte, die unser sorgsamer Wirt dort aufgestellt hat, oder –«

»Nun – oder?« fragte Simonetta trotzig.

»Oder Sie fahren gehorsamer, Sie sind Sennfeld gegenüber gewiß widerspenstig gewesen –«

»Wenigstens außerordentlich ungnädig,« warf der Baron ein.

»Nun, dann fahren Sie mit mir,« bestimmte der Doktor.

»Ich gehe lieber in die Hütte,« sagte Simonetta und wandte sich schon dem kleinen Holzbau zu. Aber schnell ihren Entschluß ändernd, meinte sie dann: »Also – fahren wir!«

»Nach mir!«

»O ich will nicht in dem Tempo fahren, das Sie mir aufzwingen werden.«

»Ich bitte Sie, mir zu folgen. Sie sind noch keine sichere Rodlerin.«

»Eine Stümperin bin ich – wie in allem«

»Baronesse müssen wohl sehr arg Kopfweh haben!«

Sie antwortete nicht darauf, warf dem Diener ihren Mantel zu und setzte sich auf ihrem Davoser zurecht. Augenscheinlich hatte sie vor, ohne Begleitung zu fahren.

Malten aber war noch eiliger als sie. Schon schoß er an ihr vorbei. »So,« rief er ihr über die Schulter zu, »jetzt ab!«

»Bei dem Wildstadel lassen Sie mich aber links vorüber!« rief Simonetta.

»Fällt mir gar nicht ein!« antwortete er. »Sie bleiben bis ans Ziel hinter mir.«

»Wir werden ja sehen!«

Sausend flogen die Schlitten durch den Wald hinab. Richtig wollte an einer Biegung Simonetta ihren Willen durchsetzen und an Malten vorbeifahren, geriet aber dabei auf eine Baumwurzel, kam aus der Richtung und war im nächsten Augenblick in einer tiefen Schneewehe verschwunden.

Die vorwitzige Fahrerin war in weiten: Bogen fortgeschleudert worden, aber es gab kein Unglück, denn sie fiel in tiefen Schnee.

Der Doktor, der sofort gebremst hatte, half ihr wieder auf die Füße, führte sie in den Wildstadel und schob rasch Heu zu einem Sitz für sie zusammen.

Simonetta saß jedoch nur kurze Zeit, dann erhob sie sich und trat zu dem am Türpfosten lehnenden Doktor. »Ich bin eine Närrin,« sagte sie errötend.

Er lachte herb auf. »Nein, aber eigensinnig sind Sie! – So – und jetzt fahren wir weiter. Doch da kommt Sennfeld. Also nach ihm.«

Er zog Simonetta eben noch rechtzeitig zurück. Da sauste Sennfeld auch schon an ihnen vorüber.

»Der spielt auch mit seinem Leben!« murrte der Doktor.

»Es ist ja auch nicht so viel wert, daß man so ängstlich darauf achtzugeben brauchte.«

Malten schaute sie ernst an. »Was wissen Sie vom Leben! Sie kennen seinen Wert noch nicht. Sie kennen wohl überhaupt nur Launen.« Er wendete sich von Simonetta ab, um ihren Schlitten zu holen. »So – jetzt können Sie vorausfahren,« sagte er.

Die Baronesse nahm schweigend ihren Sitz ein. Trotz der sehr frischen Luft war ihr Gesicht ganz blaß.

Malten schloß die Lippen fest. »Nur jetzt keine Dummheit!« dachte er. »Keine Dummheit und noch viel weniger eine Schlechtigkeit!«

Simonetta setzte ihren Schlitten in Bewegung.

»Ihre Schnur schleift nach!« rief er und hielt den Schlitten an.

Sie nahm die Schnur, die er freigemacht und ihr gereicht hatte. Dabei sah er die zwei dicken Tränen, die ihr über die Wangen liefen.

Er biß die Zähne zusammen. Dann aber rief er: »Los!« Es kam ganz heiser aus seiner Kehle. Auch in seine eigenen Augen stiegen die Tränen, und während er der Fahrenden nachschaute, wurden seine Züge weich. »Du liebes, wunderliebes Kind!« murmelte er.

Er kam erst gute fünf Minuten nach Simonetta am Ziele an.

Sie war von ihren Freundinnen umringt, denen sie lebhaft von ihrem Sturz erzählte.

Man rodelte bis zum Eintritt der Dunkelheit. Doch fuhren Simonetta und der Doktor nicht mehr zusammen.

Auch später im Schloß in der Zeit bis zum Abendessen, die man mit Plaudern und Musizieren verbrachte, mieden sich die beiden, ohne daß dies jedoch irgend jemandem besonders auffiel.

Nur Schleinitz bemerkte es, den Eck der Gesellschaft vorgestellt hatte, und welcher, trotzdem er sich zumeist der Gräfin Vivaldi widmete, noch viel Aufmerksamkeit für andere Anwesende hatte.

Bald nach dem festlich gestalteten Abendessen machte sich die Gesellschaft zum Aufbruche bereit, denn gegen zehn Uhr ging der letzte Zug ab, den man benutzen mußte, wenn man heute noch nach Graz gelangen wollte.

Simonetta war den ganzen Abend über sehr lieb zu ihrem Verlobten gewesen, immer hatte sie sich mit ihm beschäftigt, trotzdem aber hatte er deutlich gefühlt, daß sie eigentlich nur körperlich bei ihm sei, daß vielleicht auch ihre Seele bei ihm sein wollte, aber zuweilen weit, weit fort war.

Er nickte nur trübe vor sich hin. Dann wurde er wieder heiterer und sorgte für die Fahrt zur Station.

Müller blieb, als Eck im vierspännigen Schlitten mit seiner Braut und deren Freunden abfuhr, in Pachern zurück. Er war aber jetzt lange in geschlossenen Räumen gewesen, seine Aufregung wuchs immer mehr, und er sehnte sich nach Bewegung und nach der frischen, herrlichen Gebirgsluft.

Er holte sich also Überrock und Hut und verließ das Schloß, ging bis zum Dorfe und kehrte erst dort wieder um.

Er seufzte bei diesem Umkehren. Ging er doch jetzt wieder dem Schloß zu, in dem sich heute noch so Fürchterliches abspielen würde!

Der alte Detektiv hatte nämlich vor, sofort nach dem Heimkommen Ecks mit diesem ganz offen zu reden, und wenn er an das dachte, was fast mit Sicherheit darauf folgen würde, drehte sich ihm das Herz im Leibe um vor Kummer und Weh.

Er war also auf diesem Spaziergang sehr ernst und voll von Sorgen, die sich in dem großen Schweigen rings um ihn wie mit Bergeslast auf ihn wälzten.

Fernes Schlittengeklingel wurde hörbar. Deutlicher, immer deutlicher wurde es, und nun wurde auch schon Hufschlag und das Schnauben von Pferden vernehmbar.

Müller stellte sich hinter eine Scheune und ließ den großen vierspännigen Schlitten an sich vorüberfahren. Der Schlitten fuhr gar nicht schnell. Der Kutscher hatte wohl den Befehl erhalten, behaglich zu fahren. Vermutlich wollte auch Eck noch die frische Luft genießen.

Müller schaute mit Spannung auf den jungen Gutsherrn, der ganz in sich zusammengesunken in dem Schlitten saß. Sein Kopf war tief auf die Brust geneigt, der Unglückliche starrte auf seine im Schoß gefalteten Hände.

»Hoffnungslose Verzweiflung!« mußte Müller denken, und wieder pochte stürmisch das Herz in seiner Brust.

Eine Viertelstunde später trafen die beiden Herren in Ecks Arbeitszimmer zusammen. Es hätte ihnen niemand angesehen, daß ihre Seelen sich nicht im vollen Gleichgewicht befanden.

»Wir plaudern doch noch ein bißchen?« sagte Eck und wies, liebenswürdig lächelnd, auf den einen der zwei gemütlichen Lehnstühle.

Sie standen so zueinander, daß ein Tischchen sich zwischen ihnen befand. Auf diesem Tischchen lagen Bücher, Zeitungen und verschiedenes Rauchzeug.

Eck ließ sich nieder und griff nach einer Zigarre.

»Sie rauchen nicht?« fragte er verwundert, als Müller es ihm darin nicht gleichtat.

»Lieber nicht,« meinte der eigentümlich zurückhaltend gewordene Gast.

»Sind Sie verstimmt?« erkundigte sich Eck.

Müller schüttelte den Kopf. »Nicht eigentlich verstimmt,« sagte er. »Ich muß nur immer an etwas denken, das kürzlich passiert ist.«

»Ihnen?«

»Nicht mir. Allein es ist jetzt so nahe an mich herangetreten, daß es nun auch mich angeht.«

»Sie machen mich neugierig.«

»Ich möchte mit Ihnen davon reden.«

»Nun, wir wollten ja plaudern, da ist ein Thema so gut wie ein anderes.«

»Doch nicht immer,« sagte Müller seltsam ernst.

Da beugte Alfons v. Eck sich vor. »Erzählen Sie!« bat er lebhaft.

Dann war es wohl eine Minute lang so still in dem schönen großen Raum, daß man den Schrei eines draußen vorüberfliegenden Raben deutlich vernehmen konnte.

»Erzählen Sie also,« sagte noch einmal der Schloßherr, einen tiefen Zug aus seiner Zigarre nehmend.

Neunzehntes Kapitel

»In Wien, im fünften Bezirk, ist am 30. November dieses Jahres eine Frau getötet worden.«

Müller hielt schon wieder inne. Seine ernsten und jetzt auch traurigen Augen hatten sich forschend auf Ecks Gesicht gerichtet.

Das hatte soeben noch eine frische Färbung gehabt; jetzt war es totenblaß und trug den Ausdruck großen Erschreckens und grenzenloser Verwunderung.

Daran war für Müller nichts Seltsames. Ihn überraschte nur, daß sich die Hand dieses bleichen Mannes abermals erhob und daß Ecks blutlose Lippen sich abermals auftaten, um wieder einen Zug aus der Zigarre zu tun.

Dieser ganz mechanische Vorgang kam Müller förmlich grausig vor.

»Haben Sie von dieser Bluttat nichts gelesen?« fragte er.

Eck nickte nur. Es ging augenscheinlich Schreckliches in ihm vor. Sein Gesicht verzerrte sich bis zur Unkenntlichkeit, und er war offenbar im Begriff aufzuspringen.

Aber er tat es nicht. Blitzschnell kam eine wunderbare Gelassenheit über ihn, huschte sogar ein Lächeln über sein blasses Gesicht. Er schaute seinem seltsamen Gast voll in die Augen.

»Getötet wurde die Schubert, sagte ich, getötet, nicht ermordet. Der die Tat vollführte, kam nicht zu der alten Frau in der Absicht, ihr das Leben oder sonst irgend etwas mit Gewalt zu nehmen, der kam zunächst als Bittender zu ihr. Aber er wurde schroff abgewiesen. Der Zorn und wohl auch die Furcht, durch die Schubert in etwas für ihn Bedeutungsvollem gehindert zu werden, haben dann zur Tat geführt.«

»Wer hat diesen Schluß gezogen?«

»Ich.«

»Sie heißen nicht Schleinitz?«

»Nein.«

Die beiden Männer tauschten einen langen Blick.

Eck rauchte weiter. Den ersten Schrecken hatte er schon überwunden.

»Sie sind Detektiv?«

»Ja.«

»Die Tat hat für einen Raubmord gelten sollen?«

»Ja.«

»Es wurde ja auch getötet und geraubt.«

»Ja. Aber der Räuber suchte nur Briefe.«

»Wer kann das wissen?«

»Briefe, die jetzt vielleicht noch hier sind.«

»Die Erfahrung wenigstens macht dies wahrscheinlich. Man bezahlt etwas nicht so teuer, um es dann wegzuwerfen.«

»Mit einem Menschenleben bezahlt!« flüsterte Eck vor sich hin, und sein bleiches Gesicht drückte Grauen aus. »Das war ein furchtbarer Preis! Mit einem Menschenleben bezahlt, dessen Vernichtung unser ganzes eigenes Leben vernichtet!«

»Selbst wenn es ihm Gefahr bringen könnte, wirft einer, der sich auf solche Weise etwas zu eigen gemacht hat, es nicht leicht weg,« setzte Müller seinen Gedankengang fort. »Es ist wie ein böser Zauber, daß auf solche Weise Erworbenes gewöhnlich bei seinem neuen Eigentümer bleibt.«

»Ja – wie ein böser Zauber, wie ein Fluch.«

»Und falls ihm solcher Besitz gar Nutzen bringt oder ihn vor Schaden bewahrt –«

Eck fuhr auf. »Nutzen! – Man wird doch nicht meinen, daß die Wertpapiere –«

»Sie zu jener Tat verleitet haben?« sagte der alte Detektiv schier freundlich. »Nein, Herr v. Eck, das glaubt niemand. Wer ein Vierblatt von der Art verlieren kann, wie eines an Ihrer Uhrkette hängt und ich eines hier in der Hand habe, der sucht nicht in den Schränken alter Frauen nach Wertpapieren. Diese kommen ihm nur zufällig in die Hand, weil sie bei anderen Papieren, sagen wir bei Briefen liegen, die Hans v. Eck merkwürdigerweise Jahre hindurch an eine ehemalige Dienerin schickte, was darauf schließen läßt, daß irgend ein Geheimnis diesen Herrn und diese Dienerin viele Jahre miteinander verbunden hat.«

»Das alles weiß man schon?«

»Und hat auch richtige Schlüsse daraus gezogen.«

»Vollkommen richtige Schlüsse.«

»Es geschah also alles dieser Briefe wegen?«

»Nur dieser Briefe wegen.«

»Die bei den Wertpapieren lagen?«

»Ja. Ich nahm mir zuerst nicht die Zeit, sie abzusondern.«

»Das glaube ich.«

»Und mein zweiter Gedanke war, daß ich ja auch solche Dinge mitnehmen müsse, damit man nicht an mich denken könne.«

»Was sehr richtig erwogen war. Nur führten Sie den guten Gedanken nicht genügend durch.«

»Was meinen Sie?«

»Lesen Sie nicht, was die Zeitungen darüber bringen?«

»Es stand darin zu lesen, daß der Nichte der Schubert sechstausend Kronen gesandt wurden.«

»Gewiß!«

»Von einem Ungenannten gesandt wurden.«

»Ich konnte ihr doch keinen Brief dazu schreiben!«

»Nein. Aber Sie durften die Sendung überhaupt nicht aufgeben.«

»Es zwang mich etwas dazu.«

»Das glaube ich Ihnen gern. Sie wollten gutmachen, was noch gutzumachen war.«

»Selbstverständlich!«

»Und haben uns damit eine Spur gegeben, die wir allerdings eigentlich nicht mehr gebraucht haben. Auch die Bestecke hätten Sie mitnehmen müssen.«

»Ich wollte Ihnen soeben deren Versteck nennen.«

»Ist nicht mehr nötig. Die Bestecke habe ich längst gefunden.«

»Auch schon?«

»Wenn Sie sie nicht so übereilig versteckt, sondern sie mitgenommen hätten, so –«

»Sie haben mir in den Händen gebrannt.«

»Auch das glaube ich Ihnen. Dennoch hätten Sie sie mitnehmen müssen. Sie wären doch auch mit ihnen ganz unbehelligt von dem Kohlenplatz weggekommen!«

»Ich mußte diesen Weg nehmen, denn im Hausflur redeten ein paar Leute miteinander.«

»Ja. Sonst wären Sie natürlich dort hinausgegangen und hätten keine Kohlenflecke auf Ihren hellen Winterrock bekommen, die Sie sich vom Hotelportier wegputzen ließen. Sagen Sie mir übrigens, warum Sie sich im Hotel als ›Wenzel Bogdan aus Prag‹ eingetragen haben? Der Name paßt doch gar nicht zu Ihnen!«

»Ich hatte beim Militär einen Burschen, der so hieß und ein Prager war. Meinen Namen wollte ich doch nicht hinschreiben!«

»Nun, ein anderer wäre besser gewesen. – Auch in Triest war ich,« fuhr Müller nach einer kleinen Pause fort.

»Sie kommen also nicht von Laibach?«

»Nein. Die Geschäftskarte, derentwegen Lisi von Ihnen ausgezankt wurde, ließ mich diese Reise tun.«

»Ah – ich verstehe.«

»Ihr neues Vierblatt hatte ich beim ersten Blick schon bemerkt. Durch Lisi wußte ich, daß Sie angeblich wegen Holzverkaufes in Triest gewesen waren, und daß der Goldschmied, bei dem Sie waren, Umberto als Vornamen führt. Es gibt derzeit in Triest nur zwei Goldschmiede, deren Rufname Umberto ist. Umberto Seraja gab mir die Auskünfte, die ich eigentlich nicht mehr brauchte und die ich nur der Vollständigkeit wegen noch einholte.«

»Womit sämtliche Beweise meiner Schuld erbracht sind,« sagte Eck merkwürdig ruhig.

Müller war voll Staunen. So gelassen war noch keiner gewesen von all denen, deren Verbrechen er aufgedeckt hatte. Frecher Kälte, zynischem Gleichmut war er schon oft begegnet. Noch niemals aber hatte er einen solch schrecklicher Tat Überführten in so edler Ruhe gesehen.

Und noch niemals hatte er erlebt, was er jetzt erlebte.

Eck hatte die nun doch erkaltete Zigarre weggelegt – stand auf und ging ein paarmal mit auf den Rücken gelegten Händen langsam durch das Zimmer.

Bei einem der Fenster blieb er stehen und schaute lange hinaus.

Dann kam er wieder auf Müller zu und ließ sich nieder. Seine schönen, klaren Augen standen voll Tränen. Er streckte ihm die Hand entgegen und sagte: »Ich danke Ihnen. Sie haben mir eine kaum mehr erträgliche Last von der Seele genommen!«

Seine Hand war eiskalt, aber ganz ruhig lag sie in den beiden, sie umspannenden Händen Müllers.

Und wieder ruhten der beiden Männer Blicke lange ineinander. Dann sagte Eck: »Ich bewundere Ihren Scharfsinn.«

Müller lächelte wehmütig und gab Ecks Hand frei.

»Da ist nicht viel zu bewundern,« sagte er. »Das gehört zu meinem Beruf. Es hat weit mehr Sinn, wenn ich Ihre Ruhe bewundere.«

»Sie müssen deren Ursache doch schon erraten haben.«

Müller nickte. »Sie denken an ein freiwilliges Sterben?«

Eck hatte sich erhoben. Er trat dicht vor Müller hin und sagte hastig: »In meiner Lage kann man doch nur an so etwas denken, und Sie – Sie werden mich nicht daran hindern! Nicht wahr – es ist Sympathie, eine echte Sympathie zwischen uns. Sie fühlen, daß ich kein Schurke bin, und daß ich den Namen, den ich trage, nicht in einen Kerker schleppen darf.«

»Sie nehmen auf Ihre Ahnen Rücksicht?«

»Meine Ahnen – ach, wenn ich wüßte, wer meine Ahnen sind!«

»So sind Sie kein Eck?« rief Müller überrascht aus.

»Nein. Hans v. Eck war nur mein Ziehvater. Hören Sie die Geschichte meiner Kindheit.«

In kurzen Worten schilderte Alfons die Ereignisse, die sich an seine Geburt knüpften.

»Also so ist die Sache!« meinte Müller nachdenklich. »Weiß Ihre Braut das alles?«

Ecks Gesicht rötete sich. »Nein,« sprach er rauh. »Simonetta weiß es ebensowenig wie irgend ein anderer. Ich hätte es ihr, der Adelsstolzen, wohl auch für immer verbergen können, daß ich kein Eck, sondern der Sohn einer Magd bin.«

»Ihre Mutter lebt nicht mehr?«

»Sie starb, als ich noch in der Wiege lag.«

»Und Ihr Vater?«

»Der muß schon vor meiner Geburt gestorben oder ausgewandert sein. Kein Lebender konnte mir mehr schaden als nur die Schubert.«

»Die war doch eine gemütliche Frau. Und sie muß Sie doch liebgehabt haben?«

»Meinen Sie? Ich weiß das besser. Sie hat mich gehaßt, und sie hat auch Ursache dazu gehabt, denn schon als Kind hatte ich eine starke Abneigung gegen sie. Erst viel zu spät für uns beide erfuhr ich, warum sie mich, wenn wir allein waren, so von oben herab behandelte. Ich war schon siebzehn Jahre alt, als ich durch sie erfuhr, daß ich in Wahrheit auch nicht mehr sei als sie selbst. In die Kadettenschule schrieb sie es mir. Ich war damals furchtbar bestürzt, schrieb sofort an Papa, dessen Antwort mir die Richtigkeit ihrer Enthüllung bestätigte, der mir aber in seiner Güte riet, es nicht offenbar werden zu lassen, wie eigentlich mein Verhältnis zu ihm sei, denn was so lange dem Wissen Fremder vorenthalten gewesen sei, das sollte auch fernerhin nur zwischen uns bleiben. Der Schubert hat er damals einen scharfen Brief geschrieben. Sie nannten die Frau vorhin gemütlich. Sie war es durchaus nicht. Dienstboten, die einer Familie gar zu nahe getreten sind, überheben sich fast immer. Therese fand immer Mittel und Wege, sich über mein Tun und mein Leben Kenntnis zu verschaffen. Wo immer ich war, nie verlor sie mich aus den Augen. Das Romantische in meinem Lebensbeginn beschäftigte ihre Phantasie, und ihre Abneigung gegen mich blieb immer gleich groß. Sie war es, die meinem gütigen

Adoptivvater die Nachrichten, die sie über mich sammelte, zuführte. Es begleitet uns manchmal ein Haß oder eine Liebe, davon niemand aus unserer Umgebung eine Ahnung hat. Mich hat der Haß dieser Frau begleitet, seit ich Alfons v. Eck heiße.«

Er hielt inne. Atem und Stimme hatten ihm versagt.

»War die Schubert etwa auch eine Erpresserin?« fragte Müller, der tief nachdenklich der Rede des jungen Mannes gelauscht hatte.

Dieser schüttelte den Kopf. »Nein,« antwortete er nachdrücklich, »habsüchtig war sie nicht. Ihre großen Fehler lagen auf einem anderen Gebiete. Vor allem fehlte es ihr an dem Wohlwollen, das bei einem guten Menschen immer zu bemerken ist. Auch hat sie sich wohl immer selbst überschätzt und wollte immer eine Rolle spielen und womöglich Leiterin meines Geschickes sein. Als ihr Mann starb und sie wieder einen Posten suchte, stand es bei ihr fest, daß sie wieder hier in Pachern leben müsse. Das habe ich vereitelt, und das wußte sie, hat es mir nie verziehen, auch nie verziehen, daß ich auf den Vater Einfluß hatte, bis er starb.«

»Da wurde sie aber doch hierher berufen.«

»Gewiß. Als Papa erkrankte, war ich zufällig gerade hier. Es fehlte uns eine Wärterin, und der Kranke verlangte nach Therese. Da berief ich sie telegraphisch. Es war nämlich auch nur ganz recht, daß sie sofort kam. Am Bette eines Kranken schweigt der Haß. Therese und ich verkehrten in jenen Tagen recht friedlich miteinander, und sie pflegte den Vater mit großer Aufopferung, vielleicht freilich auch nicht ohne Hintergedanken. Sie hat wohl gemeint, daß er wieder gesund werden und sie zur Pflege seines Alters hier behalten würde. Als der Vater gestorben und begraben war, zeigte ich es ihr unverhohlen, daß ich auf ihre Abreise warte. Da kam es zu einem Auftritt. Sie erklärte mir, daß sie mir stets feindlich gesinnt gewesen sei und daß sie nicht anstehen würde, mir, falls sich ihr Gelegenheit dazu böte, unangenehm zu werden. In dieser Stimmung schieden wir, und danach habe ich sie nur noch zweimal gesehen, in diesem Frühjahr, bald nachdem meine Verlobung bekannt gemacht wurde, und – und am letzten November.«

»Haben Sie sie im Frühjahr besucht?«

»Ja. Damals waren Simonetta und ihre Tante in Wien und besuchten, wie immer bei solchen Gelegenheiten, auch Therese. Diese hat stets eine leidenschaftliche Zuneigung zu Simonetta gezeigt, und auch meine Braut war der einstigen Dienerin zugetan. Darum dieser Besuch. Natürlich kam auch unsere Verlobung zur Sprache, und Therese, die im Hause Labriola trotz aller klugen Zurückhaltung auch schon Ungünstiges über mich hatte verlauten lassen, sprach damals ziemlich offen ihr Bedauern über diese Verlobung aus, so daß Simonetta und auch die Gräfin recht verstimmt nach Graz kamen. Da reiste ich nach Wien und stellte der alten Frau vor, daß sie mir unrecht tue, daß ich nicht mehr der Wildling sei, der ich einmal gewesen, und der – Sie werden es bald aus den Briefen meines Vaters erfahren – es nicht einmal immer mit der Ehre ganz ernst genommen hatte.«

»Was können Sie getan haben, das gegen die Ehre verstößt?«

Eck lächelte trübe. »Es ist schon so, wie ich sagte,« erwiderte er. »Albernes Großtun, Spiel und Wetten haben auch in meinem Leben ihre Rolle gespielt. Ich tat, was freilich auch schon mancher echte ›Edelmann‹ getan hat – ich machte Schulden und habe, als einmal der Verfall meines Ehrenscheins drohte, den Namen Hans v. Eck auf zwei Wechsel gesetzt. Die Schubert, die immer hinter mir her war, erfuhr das und hatte mich nun in ihrer Hand. General Labriola, den sie während der langen Zeit, in der sie in seinem Hause diente, genau kennen gelernt hatte, würde mir diese – sagen wir »jugendliche Verirrung« niemals vergeben haben. Das wußte sie, und das wußte ich auch. Sie hätte es mir aber bei unserem letzten Zusammensein nicht so voller Hohn zu sagen gebraucht, daß Simonetta gewaltig abgekühlt werden würde, wenn man ihr sagte, daß ich außerdem der Sohn einer Dienstmagd sei. Sehen Sie, mit dieser Drohung brachte sie mich um den Rest von Ruhe, den ich noch besaß, nachdem sie mir die Bitte, sie möchte die Briefe meines Vaters, aus denen das hervorging, vor meinen Augen verbrennen, höhnisch abgeschlagen hatte. Ich bot ihr für jeden Brief hundert Kronen. Sie lachte nur. Ihres Hasses Befriedigung war ihr lieber als Geld. Ich verlor alle Besinnung und weiß heute noch nicht, wie das Messer mir in die Hand kam. Sie wollte es mir entreißen und schlug mich dabei ins Gesicht. Da stieß ich zu, und – ich muß es bekennen in dieser Beichte, die mich vielleicht vor dem Wahnsinn rettet – ich fühlte keine Gewissensbisse, als die alte Frau zusammensank. Ich blieb ganz ruhig. Ich zog die Fensterläden zu und sah mich dann im Zimmer um. An einem hohen Schrank steckte ein Schlüssel, an dem ein Ring mit noch weiteren Schlüsseln sich befand. Ich öffnete den Schrank und suchte darin nach den Briefen. Ich fand sie erst in einer Kommode. Sie liegen noch alle beisammen. Ich werde sie Ihnen dann übergeben. Auch die Wertpapiere liegen dabei. Als ich dann auf die Straße kam, ging ich ruhig, wie irgend ein anderer, meinen Weg. Erst während der Heimreise regte sich mein Gewissen, sagte ich mir, daß solche Art von Notwehr doch nichts anderes als ein Verbrechen sei. Unter Qualen verbrachte ich den nächsten Tag. Daheim hielt ich es nicht aus. Ich mußte in den Wald hinaus. Abends fuhr ich nach Graz. Ehe ich zu meiner Braut ging, kaufte ich eine Zeitung. Darin stand schon vom Mord. Auch das Vierblatt war erwähnt. Ich hatte dessen Fehlen zwar schon bemerkt, hatte aber gehofft, daß ich das Anhängsel beim Überklettern der Planke verloren habe, daß es zwischen die Kohlen gefallen sei und noch lange nicht gefunden werden würde. Merkwürdig aber war, daß ich jetzt plötzlich eine immer heftiger werdende Abneigung gegen die empfand, um derentwillen ich getötet hatte. Simonetta war mir jetzt sicher, aber ich fühlte nichts mehr von Glück bei dieser Vorstellung. Es war mir eine Erleichterung, daß ich meine Braut einige Tage nicht zu sehen brauchte. Als wir dann wieder zusammenkamen, blieb ich innerlich ganz fern von ihr. Ein wenig äußerliche Zärtlichkeit brachte ich noch auf – das war aber auch alles.«

»Das wird vorübergehen.«

Da schüttelte der junge Mann energisch den Kopf und erwiderte fest: »Nein, das wird nicht vorübergehen. Und das ist gut so. Heute abend auf dem Bahnhof habe ich mich davon überzeugt.«

»Wieso?«

»Ein Blick Simonettas hat es mir gesagt, daß nicht ich der bin, den sie liebt. Und – es hat mir nicht einmal weh getan.«

»Doktor Malten –«

»Warum nennen Sie diesen Namen?« fragte Eck betroffen.

»Weil die Baronesse diesen Mann liebt.«

»Ja – das habe ich heute abend entdeckt.«

»Ich habe es schon heute nachmittag gewußt.«

Eck stand auf. Wieder ging er ein paarmal langsam durch das Zimmer, dann blieb er vor Müller stehen und sagte: »Ich danke Ihnen, daß Sie mir zugehört haben. Es ist mir ganz leicht geworden, Ihnen dieses alles zu sagen, denn ich habe Sie in den wenigen Stunden unseres Zusammenseins liebgewonnen. – Gebeichtet habe ich also,« fuhr er trüb lächelnd fort. »In jenem Fach finden Sie alles, was zu diesem Fall gehört. Und nun leben Sie wohl und nehmen Sie meinen Dank dafür, daß Sie –«

»Wofür wollen Sie mir danken?« fragte Müller, sich ebenfalls erhebend.

»Dafür, daß Sie es auch selbstverständlich finden –«

»Daß Sie sich erschießen?«

»Ja.«

»Das finde ich durchaus nicht selbstverständlich.«

»Wollen Sie mich daran hindern?«

Müller schaute ihm fest in die Augen und sagte sanft: »Ich kann und will Sie nicht daran hindern, ich kann Ihnen nur zu bedenken geben, daß mit einer Kugel Ihre Tat nicht gesühnt ist, daß dieser Selbstmord nur eine Flucht vor der gerechten Strafe ist. Aus Furcht vor Strafe sich töten, das ist wenig – in Demut eine verdiente Strafe entgegennehmen, das finde ich würdiger.«

Eck starrte ihn an. Er war wieder sehr bleich geworden, mußte sich auf die Lehne des Sessels stützen, mußte die Hände darum schließen, um nicht zu fallen. »Daran habe ich noch nicht gedacht,« murmelte er.

Dann ließ er es willenlos geschehen, daß Müller ihn in den Sessel drückte.

Der alte Detektiv legte ihm die Hand auf die Schulter. »Wollen Sie also auf die einzig richtige Art Ihre Tat büßen?«

»Auf die einzig richtige Art!« antwortete Eck gefaßt.

Zwanzigstes Kapitel.

Der Winter war vorüber. Der Tag, an welchem Fritz Stegmann seine Strafe abgebüßt hatte, war gekommen. Er hatte die traurige Zeit meist im Gefängnisspital zugebracht und war noch immer ein kranker Mann. Otto, der ihn, so oft dies gestattet war, besucht hatte, war gekommen, um ihn abzuholen.

Aber noch einer außer ihm war da – Herr Thomas Leibner, Stegmanns früherer Chef. Die beiden Herren trafen einander auf dem Korridor des Gerichtsgebäudes.

Falk wollte nur stumm grüßen. Da fiel ihm ein, daß des alten Herrn Hiersein ja nur Wohlwollen für Fritz bedeuten konnte; daher trat er auf den Bankier zu und fragte: »Was hat Sie bewogen, jetzt hier zu sein?«

Leibner seufzte. »Halten Sie mich denn für herzlos? Ich möchte Ihrem Stiefbruder sagen, daß mir mein Handeln leid tut. Ich habe nämlich erfahren, daß der Schrecken, an dem ja eigentlich ich schuld war, seinen Zustand so gefährlich gemacht hat.«

»Fritz war in der Tat dem Tod sehr nahe.«

»Ich möchte mein Verschulden wieder gutmachen.«

»Herr Leibner!«

»Er könnte wieder bei mir eintreten, wenn er Lust hat.«

»Wirklich?«

»Machen Sie kein Aufhebens davon. Ich hätte keine Ruhe mehr gehabt, wenn Stegmann gestorben wäre. Ich bin ja kein schlechter Mensch, ich war nur damals sehr erbittert gegen ihn, habe ihm halt alles zugetraut.«

»Und mir auch!« warf Otto herb ein.

Da hielt Leibner ihm die Hand hin und bat: »Verzeihen Sie mir!«

Otto war schon versöhnt. Er drückte die Hand des alten Herrn.

»Fritz Stegmann soll sogar wieder seine Kasse haben,« sagte Leibner. »Ich denke, er wird jetzt für sein Lebenlang gut tun.«

»Das denke ich auch,« erwiderte Otto und zeigte auf jemand, der langsam durch den langen Gang daherkam.

Leibner wich zurück und murmelte: »Ach, du lieber Gott!«

Otto ging dem Herankommenden entgegen. Es war ja Fritz. Aber es war nur noch ein Schatten jenes flotten Fritz Stegmann, der er noch am 30. November des vergangenen Jahres gewesen war.

Als er Leibner erblickte, färbte sich sein bleiches Gesicht mit dunklem Rot, und sein Fuß stockte.

Da ging Leibner schnell auf ihn zu und sagte bewegt: »Stegmann, kommen Sie wieder zu mir. Ich nehme Sie gern wieder – Sie können es mir glauben. Natürlich müssen Sie sich vorher erst erholen.«

Stegmann starrte den alten Herrn eine Weile an, dann schluchzte er plötzlich laut auf und wäre in seiner Schwäche hingestürzt, hätten die beiden ihn nicht gehalten.

Sie führten ihn zu dem Wagen hinunter, in welchem Otto hergekommen war. Es war nur ein Einspänner. Nur die Brüder hatten darin Platz. Leibner nahm also Abschied von ihnen.

Sein letztes Wort war: »Also, Stegmann, erholen Sie sich, und dann – dann sind wir wieder die alten!«

Ein glückliches Lächeln des blassen Menschen war ihm eine sein Herz erleichternde Antwort. Herr Thomas Leibner hatte sich schon lange nicht mehr so wohl gefühlt als an diesem Tage.

Die Brüder fuhren zum Nordwestbahnhof. Dort nahmen sie Abschied voneinander.

In der kleinen Station im Süden des Isergebirges hielt am späten Abend dieses Tages ein leichter Korbwagen. Sein Lenker war Tilgner. Er brachte seinen Schwager nach dem Schulhause.

Es war Mitternacht nicht mehr fern, als sie dort anlangten. Hanna empfing den Heimkehrenden voll ernster Herzlichkeit, seine Mutter schloß ihn laut weinend in die Arme. Die vier Monate, welche zwischen seinem letzten Gehen und dieser Heimkehr lagen, hatten die alte Frau gewaltig verändert. Sie war still, sehr still und bescheiden geworden und suchte nun wirklichen, herzlichen Anschluß an ihre Tochter und deren Mann.

Sie fand ihn auch, und damit war der Friede in das kleine Schulhaus gekommen, der Friede, der auch Fritz nun zugute kommen sollte.

In der Woche vor Ostern wurde gegen Alfons v. Eck verhandelt.

Den Rest jener Nacht, in welcher er Müller gegenüber sein Innerstes dargelegt, hatte er dazu verwendet, sein Hauswesen zu bestellen und zwei Briefe zu schreiben.

Der eine war an Simonetta gerichtet. Er gab sie darin frei, schrieb ihr, daß und warum er der Schubert Mörder geworden sei, und bat sie, die nächste Zeit auf Reisen zuzubringen. Der andere Brief war an Malten adressiert.

Am nächsten Morgen fuhr Eck mit Müller nach Wien. Unterwegs erfuhr er, daß nur durch den roten Merkur, dessen Anna Lindner erwähnt hatte, Müller auf die richtige Spur gebracht worden war.

»Merkwürdig!« sagte Eck gedankenvoll. »Ich wähnte mich so sicher, und da hat mich nun ein Nichts verraten, das mit meiner Tat nicht einmal in Verbindung steht, ein Nichts – eine alte Zeitungsmarke.«

»Nennen Sie mir den roten Merkur nicht ein Nichts!« protestierte Müller lebhaft. »Für uns Philatelisten ist er etwas sehr Bedeutendes, einfach der Stolz einer Sammlung, so ein zweifellos echter, noch auf seiner Zeitungsschleife sitzender roter Merkur!«

»Ist das eine schöne Marke? Haben Sie eine solche?«

»Der rote Merkur stammt aus den fünfziger Jahren. Natürlich habe ich keinen. So viel Geld lege ich für eine Liebhaberei nicht aus. – Aber sehen Sie – dort das Automobil hätte fast das Bauernfuhrwerk erwischt! Ich hasse diese brutalen Kasten.«

Man sprach nun von Automobilen, denn Müller wollte seinen Reisegefährten absichtlich vom Nachdenken ablenken. Eck wurde denn auch bald so ruhig, so gefaßt, daß seine Ruhe schon fast an Frohsinn grenzte.

In Wien angekommen, schieden die Herren schon auf dem Bahnhof voneinander.

»Also irgend einmal im Leben auf Wiedersehen, Herr Müller!« sagte Eck bewegt, als er des alten Detektivs Hand drückte. »Ich danke Ihnen, daß Sie mir zu dem einzig Richtigen rieten. Das Grauen, das ich vor mir selber empfand, ist von mir abgefallen. Dank also – innigen Dank!«

Über Alfons v. Eck war wegen Totschlages das Urteil gesprochen worden. Es war ein sehr mildes. Daß Eck sich selbst gestellt, daß er seine Tat reuig und ohne jeden Beschönigungsversuch eingestand, hatte ihm die Sympathie des Gerichtshofes von vornherein gesichert und auch einen günstigen Einfluß auf das Ausmaß der Strafe genommen. Er wurde zu zwei Jahren Kerker verurteilt.

Ruhig hatte Eck das Urteil angehört, hatte sich vor seinen Richtern verneigt und war dann abgeführt worden.

Man brachte ihn in ein Zimmer, in dem ihn mehrere Personen erwarteten. Sein Verteidiger war da, General Labriola, Doktor Malten, Müller, Ecks alter Förster und die Wirtschafterin von Pachern.

Der letzte, der von dem Verurteilten Abschied nahm, war Müller.

Wieder dankte ihm Eck, und dann reichte er dem Detektiv ein Briefchen, das Malten ihm kurz zuvor eingehändigt hatte. »Ein paar Worte, die ich nicht vor anderen Leuten reden will, habe ich Ihnen aufgeschrieben,« sagte er, dann winkte er allen noch einmal mit der Hand zu und ließ sich wegführen.

Der General, Doktor Malten und Müller verließen miteinander das Gerichtsgebäude.

»Er ist trotz seiner wilden Jugend und trotz dieser Tat ein braver, tüchtiger Mensch,« sagte bewegt der alte Offizier. »Wie gut stand es ihm, daß er nichts – gar nichts beschönigte«

»Dafür haben aber auch die beiden Herren,« wandte Müller sich zum General und dem Doktor, »glänzend für ihn ausgesagt.«

»Sie etwa nicht? Und alle anderen nicht?« fragte Malten, Müllers Hand kräftig drückend.

»Wir haben eben alle der Wahrheit die Ehre gegeben,« sagte Labriola.

»Wo befinden sich jetzt Ihre Damen?« erkundigte sich Müller.

»In Riva,« antwortete der General. Dann wendete er sich an Malten. »Na, Doktor, Sie wissen Simonetta zu behandeln. Die braucht auch eine so feste Hand, wie die Ihrige eine ist.«

»Und eine Liebe von der Art der meinigen,« sagte Malten ernst.

»Was hat er mir nur vor den anderen Leuten nicht sagen können?« dachte Müller, als er in den nächsten Straßenbahnwagen stieg.

Er öffnete den Umschlag des Briefchens, das Eck ihm gegeben hatte.

Es enthielt eine Visitenkarte Ecks, auf welcher stand: »Mein Ostergeschenk! Malten hat es mir besorgt. Sie haben mir ja unendlich mehr geschenkt – den Frieden mit mir selbst.«

Darunter war leicht eine Marke angeklebt.

Es war ein »roter Merkur«.

*

Drei Jahre waren vergangen. Es blühten schon die Kirschen, da ging ein schlanker, hochgewachsener Mann mit dem Stationschef auf dem Bahnsteig der Station Bruck auf und ab.

Als der Wiener Schnellzug signalisiert wurde, sagte der Beamte: »Also diesmal kommen Sie nicht ins Kasino?«

»Mein Besuch muß mich entschuldigen. Ach habe Müller seit einem halben Jahre nicht gesehen und –«

»Und da er beinahe Ihr Freund ist, Herr v. Eck, wollen Sie –«

»Er ist wirklich mein Freund.«

»Da müssen wir freilich zurückstehen.«

»Oder auch zu mir nach Pachern kommen.«

»Sie vergessen, daß Damenabend ist.«

»Richtig, das vergaß ich. Da nehme ich also meine Einladung zurück.«

»Sie wollen also durchaus nicht geheiratet werden?«

»Durchaus nicht.«

Die Herren lachten.

»Sie öffnen die Pforten Ihres Schlosses also nach wie vor nur Männern?«

»Und Kindern,« ergänzte Eck weich. »Aber da ist er ja schon!« rief er dann lebhaft und winkte mit dem Hut dem einfahrenden Zuge zu und dem grauköpfigen Herrn, der seine Reisemütze ebenfalls lebhaft schwenkte.

Wenige Minuten später fuhren Eck und Müller im offenen Wagen Pachern zu. Sie hatten über sehr vieles zu reden. Sie hatten einander seit Ecks Freiwerden erst einmal in Wien gesehen. Nun aber wollte Müller einige Zeit auf Pachern zubringen.

Und darauf freuten sich die beiden gleichermaßen.

Rasch rollte der Wagen die Landstraße hinab, und bald darauf gingen sie mit dem Empfinden inniger Freude durch den alten Bau.

Auch in die Kapelle traten sie wieder ein, und wieder lagen auf dem Sarkophag der letzten Herrin von Pachern einige Rosen.

»Sehen Sie,« sagte Eck zu seinem Gast, »der tiefen Liebe, welche die, die hier ruht, ihrem Gatten eingeflößt hat, verdanke ich es, daß ich ein Leben höherer Ordnung führen kann. Hätte Hans v. Eck sein Weib nicht so über alles Maß hinaus geliebt, so zöge ich vielleicht heute als Bettler oder als Strolch umher.«

Von der Kapelle führte Eck seinen lieben Gast in sein Arbeitszimmer.

Sie setzten sich an denselben Tisch wie damals bei ihrer verhängnisvollen Unterredung. Heute aber redeten sie Freundlicheres, redeten sie von ihren gemeinsamen Bekannten.

»Das Ehepaar Falk ist also glücklich?« fragte Eck.

»Glücklich durch sich selber, denn beide sind gute, tüchtige Menschen. Aber die beiden Leutchen leben mit ihren zwei Kindern, die sie schon haben, auch sorgenlos, und das danken sie Ihnen, der Sie Anna so reich bedacht haben.«

Eck zuckte die Schultern. »Ich bitte Sie, lieber Freund, was soll ich denn sonst mit meinem Geld anfangen!«

»Und daß auf einem gewissen Grabe so oft frische Blumen liegen, das rührt Anna tief,« fuhr Müller fort und setzte dann rasch hinzu: »Auch die in Salzburg sind glücklich. Aber das wissen Sie wohl schon durch Malten selbst. Der Doktor steht ja mit Ihnen in ständigem Briefwechsel.«

»Gewiß,« bestätigte Eck lebhaft. »Auch Simonetta schreibt mir. Sie hat sich an Maltens Seite sehr vorteilhaft entwickelt. Es scheint, daß sie jetzt keine Launen mehr hat, daß sie eine recht gute Frau und Mutter ist. Eine wirklich gute Mutter.«

Der alte Detektiv betrachtete seinen Wirt aufmerksam. Dann faßte er seine Hand und schaute ihm fest in die Augen. »Und Sie?« fragte er. »Wie sieht es in Ihnen aus?«

Ecks Blick hielt dem seinen stand. »Ich habe gebüßt nach außen und nach innen. Ein gut Teil meiner Seele ist leer gewesen – trostlos leer. Ich habe sie jetzt mit Liebe ausgefüllt, mit Liebe zu allen, die der werktätigen Liebe bedürftig. Müller, mein alter Freund, Sie brauchen keine Sorge um mich zu haben.«

Ende.

Fußnoten

1. Eines der weitläufigsten alten Zinsgebäude Wiens.

www.ingramcontent.com/pod-product-compliance
Lightning Source LLC
LaVergne TN
LVHW050659200726
843506LV00010B/1594